救了想一躍而下的女高中生
會發生什麼事？
1
岸馬きらく
插畫／黒なまこ
角色原案、漫畫／らたん
Kadokawa Fantastic Novels
U0025905

目錄

「我真的……沒事……」
初白小鳥
準備跳樓輕生時被結城救下的黑髮少女。究竟是什麼原因讓她放棄生命呢……？

救了想一躍而下的女高中生會發生什麼事？ 1

岸馬きらく
插畫／黒なまこ
角色原案、漫畫／らたん

Kadokawa Fantastic Novels

序章　女朋友

想要一個女朋友。
好想要一個女朋友。
真的好想要一個女朋友。

兩天前，高中二年級的結城祐介忽然有了這個念頭。

過去結城對戀愛關係可說是毫無興趣，更貼切的說法應該是「沒心情去想」。結城國中時就喪父，必須靠打工賺取生活費。身為優待生，他的高中學費得以全額免除，還能獲得租金補助，因此他得時常讓自己的成績維持在學年頂尖。

聽到同年級的學生們談論「○○○簡直是校園偶像」或「□□學長根本就是白馬王子」時，他總會在埋首用功的同時碎嘴道「真羨慕這些閒人」，放學後繼續打工謀生，過著這種日復一日的生活。

這樣的結城在深夜打工結束返家的路途中，忽然興起了「想要女朋友」這個念頭。

當時他像平常一樣打開昏暗公寓套房的燈，開啟浴室的熱水器後，一邊思考睡前要複習哪個學科，一邊撕開超商的便當保鮮膜。

「……好想要女朋友。」

回過神來，才發現這話已經脫口而出了。

他大吃一驚，重新思考自己剛才說的這句話。

好想要女朋友。

他剛才說，好想要女朋友。

「也、也對。仔細想想，這種反應很正常……」

結城祐介的禁欲程度雖比其他同齡人略高一些，但依然是身心健全的十七歲少年，一般而言當然會想交女朋友。畢竟他也是人。

「我怎麼會……忽然……想要女朋友……」

結城抱頭苦思。

話雖如此，也不可能一有這個想法就馬上脫單。

他如此心想，於是那天便像平常一樣吃飯、洗澡、讀書後就睡了。但這股思春期的火苗一旦被點燃，火勢就持續增強不止。

隔天一整天，與素未謀面的女友約會互動的畫面依舊在他腦海中不停盤旋，結果在這天的數學課上——

$(\cos\beta - \cos\alpha)2+(\sin\alpha - \sin\beta)2$＝想要女朋友

他創造出這個無法理解的全新算式，才終於發現大事不妙。

「我也太想要女朋友了吧……」

於是乎。

這天結城一樣在打工結束後買了超商便當，走在平常那條路上。

天空下起了雨。結城一邊撐傘，一邊背誦日本史。

「家康、秀忠、家光、家綱、想要女朋友……不對。家宣、家繼、吉宗、想要女朋友……啊～可惡！」

第五代及第九代將軍都變成了「德川想要女朋友」。再這樣下去，可能不久之後他就會在考卷姓名欄寫下「想要女朋友」了吧？

怎麼會變成這樣……

他在學校裡的朋友不多，其中有個男生可說是變態的極致，但自己的思想總不可能被汙染到這種地步吧。

「啊～這下慘了。而且我真的好想交女朋友。」

說完，他抬頭一望。

「嗯？那是什麼？」

由於夜色昏暗又下著雨，視線有些模糊，但他似乎在對街的廢棄大樓屋頂上看見一道人影。

「不不不，怎麼可能。」

他開口說道。但如果有人在這個時間點，在這種下雨的日子待在廢棄大樓的屋頂……目的大概就只有一個吧。他不禁這麼想。

「……嘖！」

於是結城爬上了廢棄大樓的樓梯。

◇

「嗚哇，還真的有人。」

來到屋頂後，結城如此低語道。

安裝在四周的圍欄高度及腰，有一名少女居然站在圍欄外側，而且她身上的制服還是附近有名的貴族女校，結城對此並不陌生。他記得班上同學說過，繫紅色領結的就是高一生。

雖然有些猶豫，但要是對剛才看到的景象視而不見，他也會覺得寢食難安。

正當他閃過這個念頭，並準備出聲叫喚時。

少女的身體傾斜了。

「居然真的跳了！」

結城立刻往柏油地面用力一踏，衝向少女後將她的身體一把抱住。

「唔喔喔喔喔喔喔喔喔！」

他雙臂使力，拚命將少女的身體拉回。

不知該多虧自己國中時是運動社團，還是該歸功少女體態輕盈，少女的身體越過圍欄後，和結城一同倒在屋頂的柏油地面上。

「哈啊、哈啊、哈啊。」

結城聽著自己劇烈鼓動的心跳聲，對少女說道：

「真是的，妳在幹嘛啊……」

聞言，少女抬起頭來。

怦咚——結城的心臟跳得更快了。

（太驚人了，未免太漂亮了吧。）

少女給人的印象完全符合「清純可愛的和風美人」這種形容。不僅五官線條柔和端正，被雨淋濕後淌著水珠的及腰長髮烏黑又亮麗。剛才抱在懷裡的那副身子雖然纖瘦，重點部位的曲線還是十分明顯。

話雖如此，現在實在沒那個閒工夫。

「妳想死嗎？」

結城這麼一問，少女就雙肩一顫，僵在原地。

儘管少女不發一語，結城仍能看出她嚇得不輕。

過了一會兒，少女才緩緩點頭。

結城低喃道：果然沒錯，畢竟她整個人都倒下去了。

「總之，這種時候該怎麼做呢？要聯絡家屬嗎？還是報警……」

說完，結城拿出手機。

少女卻揪住他的上衣衣襬。

接著她輕輕搖搖頭，依舊一句話也沒說。

「呃，就算妳不願意……」

結城雖然覺得要如何對待生命是個人的自由，但看到有人在自己眼前喪生，已經不單純是會寢食難安的問題了。

少女卻用非常細微，彷彿要消逝在空中的聲音——

「……不要……拜託，別這麼做……」

說了這句話。

「就算妳這麼說……」

結城也不敢留下一句「原來如此」就拍拍屁股走人。

「喂，這個瘀青是怎麼來的？」

「……！」

少女猛然回神，抱住自己的雙肩。

剛才將少女拉上來時，制服的一部分被掀開了，因此能看見穿在裡面的襯衫。

現在正下著雨。

襯衫貼在肌膚上，變得有些透明。

這本該是香豔刺激的畫面，結城知道現在不該說這種話，這一幕卻不由自主地映入眼簾。

她身上的瘀青和傷痕，從襯衫外面也能看得一清二楚。

結城以前參加過運動社團，受傷對他來說是家常便飯。

所以他看得出來。

這種清晰可見的傷疤一定不是自然產生的。

除非是蓄意的暴力，否則不可能有這種傷疤。更可怕的是，這些傷疤的位置似乎還看準了會被制服遮蔽的部位，背後的原因實在不難想像。

「我真的……沒事……」

對方都用這種眼神如此傾訴了，若還是無視對方的要求將她交給警察，良心實在過意不去。

（話雖如此，也不能丟著她不管……）

「……哎，我知道了。」

結城收起手機，打算先讓少女冷靜下來。

「妳先來我家吧。」

「……咦？」

少女一臉不解地看著他。

「不然再這樣下去會感冒吧？」

說完這句話之後，結城又心想：前一刻還想尋死的人，會擔心自己會不會感冒嗎？

◇

淋浴的聲響迴盪在結城居住的單人套房內。

「這還是我第一次讓女孩子進家門。」

結城在起居室的床上盤腿而坐，如此自言自語。

「……謝謝你讓我沖澡。」

方才本來要從頂樓一躍而下的少女，此時正用毛巾擦拭黑髮並走進起居室，身上穿著結城借她的運動服。由於結城身高很高，少女穿起來相當寬鬆。

但剛洗完澡的少女還是充滿魅力，讓人忍不住看得入神。

少女默默地呆站在原地好一會兒。

這時結城才意識到：啊，她不知道要坐在哪裡吧。

「妳可以坐那張椅子。」

說完，他指向這間房裡唯一一張桌子前的椅子。

少女輕輕點頭致意後，便坐上那張椅子。

舉手投足間都帶著恭敬和優雅的氣息，感覺很有家教。

「……」

「……」

少女微微低著頭沉默不語，沉默籠罩了整間房。

由於情況毫無進展，結城便試著開口問道：

「我叫結城祐介，妳呢？」

聽結城這麼問，少女渾身一顫，隨後才微微開口道：

「……初白小鳥。」

少女——初白用幾乎快聽不見的嘶啞嗓音這麼說。

「初白啊。吶，妳怎麼會有那種念頭？」

「……」

聽到這句話，初白便閉起雙眼，低下頭不發一語。

話一出口，結城就知道自己說錯話了。這可是足以讓人放棄性命的理由，應該相當敏感。從剛才開始，只要結城一提問，她就會害怕地縮起身子，可能有什麼隱情吧。

「啊，抱歉，妳不想回答的話可以不說。」

「……因為，我已經沒有了。」

「嗯？」

「因為我……已經沒有……生存的意義了……」

初白這麼說，眼神中藏著一股冰冷又深不見底的黑暗，讓人看得心裡發毛。

啊，聽起來真的不太妙。要是放著不管，感覺她又會跳樓輕生。

朋友曾經說過「世界上就是有些討拍鬼，成天把想死掛在嘴邊，但根本無意尋死，只想博取別人的關注而已」。然而這個少女剛才是真的要讓自己跳下去，死意非常堅決。

怎麼辦？有辦法阻止她嗎？老實說，他覺得跟自己同年紀的少女離世相當可惜，而且還是個亭亭玉立的美少女。

（是說，這女孩真的很可愛。）

遠比螢光幕前那些偶像或女演員可愛多了。不知是不是這個想法使然，結城回過神才發現自己說出了這句話：

「那就當我的女朋友吧。」

「……？」

初白微微歪著頭。

「嗯？什麼？」

結城回想自己剛才說過的話。

我剛才跟這個女孩子說了什麼？

「啊～不是，等一下。誤會、這是誤會。那個，妳剛才說自己失去了生存意義嘛，所以，我就覺得，有男朋友之後可能就有理由活下去了。正好我現在也超想要女朋友，而且初白又正中我的喜好……啊～我在說什麼啊！」

結城不停用頭猛撞自己的枕頭。

「不是這樣！我讓妳進來房間並沒有那種意圖！完全沒有！至少把妳帶回來的時候還沒有！」

「帶回來的時候……嗎？」

「沒錯！對不起！現在就有了！因為妳真的超可愛，完全是我的菜，而且我很想要女朋友。」

結城將臉埋進枕頭，用含糊不清的聲音說著。

「沒關係，妳可以直接離開，畢竟這裡有個妖怪想要女友星人，應該會覺得有生命危險吧。」

結城說的這個生命體，讓人很想吐槽到底是想說妖怪還是外星人。他實在太緊張了。

不過——

「……呵呵。」

初白輕笑出聲。

第一次見到的這個表情非常可愛，讓結城心跳加速。

接著，初白直盯著結城的臉，給出了令人意想不到的回答。

「……可以啊。」

「……咦？什麼？」

結城說的這句話，就像戀愛喜劇裡的笨拙男主角。

「……我可以……當你的女朋友。」

明明是自己的提議，結城卻無法理解事態發展，整個人僵住了。

「用『交換條件』這種說法有點不妥，但你願意收留我一陣子嗎？」

「咦？啊，好啊，感覺妳好像有什麼難言之隱。讓交往中的女友在家裡借住幾天也很正常……對了。」

結城問道：

「真的可以嗎？我跟妳才剛認識耶。」

「……可以。我無處可去，也沒有想做的事，你也沒有因為救了我就對我提出無理的要求，所以我覺得你很善良。而且……」

「而且……？」

「……那個，因為你那麼直白地說我『很可愛』、『完全是你的菜』……讓我……很開心……」

說完，她就用雙手摀住臉。臉雖然藏住了，她卻連耳根子都變得通紅一片。太可愛了吧，喂。

「……就是這樣，以後就麻煩你嘍……我的男朋友。」

「喔、喔。我才要請妳多多擔待，我的……女朋友。」

結城也變得面紅耳赤。

第一話　牽手、親手做的料理

「……這裡是？」

初白小鳥獨自在結城的房間裡甦醒過來。

她看到時鐘嚇了一跳。現在是下午一點，而且今天是平日。

糟糕，徹底遲到了。

『——！——！』

意識到這一點的瞬間，腦中立刻響起熟悉的怒罵聲。

「……嗚、咕！」

她喘不過氣，胸口悶得難受。

好可怕，滿腦子都是恐懼。

明明什麼也沒做，淚水卻湧上眼角。

「……唔、哈啊、哈啊、哈啊。」

她壓著胸口調整呼吸。

沒事，沒事了。

這裡是昨天遇見的那個男孩的家，不是那個地方。

幾分鐘後，初白才終於緩和下來，再次倒回被單上。

身體像灌了鉛一樣沉重。

連動動手指的力氣都使不上來。

「我可能太累了吧……」

這時她才發現自己一直處於緊繃狀態。

「……我可以……再睡一會兒吧。」

嗯……應該可以。

這裡很安全……她這麼想。至少今天去上學的那位家主是個善良的好人。

「可是……在那之前……」

初白下意識地抬起右手，將鬧鐘設定在下午四點鐘。

還是得在結城回到家時起身迎接才行，否則太失禮了。

而且昨天結城詢問自己願不願意當他女朋友時，看起來雀躍極了，甚至連初白都忍不住高興起來。

如果自己能在他到家時上前迎接，他可能會更開心吧。

「呵呵。」

這麼一想，初白就不自覺地揚起笑容。

好，睡覺吧。她有多久沒睡過回籠覺了？

初白用被單裹住身子，隨即緩緩閉上雙眼，放鬆全身。

◇

交到女朋友了。

居然交到女朋友了。

居然真的交到女朋友了。

雖然看起來有點像其他意思，總而言之，結城祐介交到女朋友了。

美夢成真的結城心情好得不得了，內心彷彿有頭小鹿橫衝直撞。但此時的他忽然察覺到一件事。

這麼說來，交到女朋友之後該做些什麼呢？

一直以來，結城對男女情愛都毫無興趣，以一名思春期少年來說簡直不健全到極點。

這三天的妄想情境，也只是「有個（暫定）女友在身邊應該會很幸福」這種籠統模糊的感覺，太過抽象。

他在腦海一隅思考著這些事，早上的課就這麼在煩惱中度過了。然而光是自己想破頭也得不到具體的結果，於是午休時間一到，他就決定去問坐在後面的朋友。這是他為數不多的朋友之一。

「欸，大谷，一般的男女朋友都在做什麼啊？」

「啊？你是不是吃到什麼怪東西了？」

劈頭就用毒辣言語回擊的人名叫大谷翔子，是個戴著紅色半框眼鏡的棉花糖女孩（要是老實說出「妳很壯碩」，就會被她狠嗆「給我改成豐滿喔」）。

雖然給人的印象有些刻薄，但她的臉蛋其實相當端整，只要稍微減脂就會變成超級大美女吧。

順帶一提，雖然名字只差一個字，她卻跟某位二刀流的大聯盟球員毫無關係。硬要說的話，她也算是班級委員和漫研社的二刀流。

「沒有啦，妳之前不是說自己常畫愛情故事嗎？我猜妳對這方面比較清楚。」

「但我畫的是男男戀耶。」

「咦？」

「怎麼，你交女朋友了？」

「咦？那個……嗯，呃，就是這樣。」

由於初白有點隱情，結城在猶豫是否要隱瞞，然而都主動尋求商量了，避而不談似乎也不太誠實。

而且結城正值少年，交到女朋友自然也想稍微炫耀一番。

於是他的嘴角不自覺上揚。

「你那笑咪咪的臉真是宇宙無敵煩。」

看來他笑得太誇張了，才被狠狠嗆了一句。

「不過，你居然交到女朋友了，我還以為你對戀愛一點興趣也沒有耶。她是什麼樣的人？」

「什麼樣的人？」

結城「嗯～」了一聲，雙手抱胸，歪過了頭。

「妳這樣問我也說不上來耶，畢竟昨天才剛認識。」

「什麼啊？認識當天就決定要交往嗎？」

大谷托著腮幫子嘆了口氣，似乎啞口無言。

「算了，這樣可能比較符合你的作風。對了，你是問交往之後要做什麼嗎？」

「喔，對。沒錯，就是這樣。老實說，因為我之前完全沒興趣，所以一頭霧水。」

「是啊。說到交往後要做的事，果然還是……」

「果然還是？」

「S〇X吧？」

「……妳都沒有一點少女的矜持嗎？」

「沒有啊。」

她立刻回答。真是條漢子。

「我們都是從受精卵中誕生的，說什麼矜持啊。而且你不想做嗎？」

「呃，當然想做啊。」

畢竟正值身心健全的十七歲。他也是人。

「但還是該按部就班吧……忽然進展到那一步，對方也會反感……而且只做這件事的話就不是男女朋友了吧，我也想跟她談情說愛啊。」

「哦～沒想到你有少女心耶。」

是這樣嗎？難道年紀跟自己差不多的男孩子，腦袋裡都只有這樣那樣的黃色廢料而已？

「算了。我想想，如果要從我之前看過的少女漫畫、戀愛喜劇或色○遊戲當中汲取……」

最後那個詞還是當作沒聽到吧。結城他們是身心健全的十七歲高中生，要遵守法律才行。

「大概會先牽手吧。絕大多數的男生也很喜歡女友為自己親手做的料理。」

「牽手跟……親手料理啊。」

◇

今天不用打工，於是結城久違地決定放學後就馬上回家。他很久沒有在天還亮著的時候回家了。

「牽手……親手料理……牽手……親手料理……」

在回程的路上，結城嘴裡一直喃喃自語著。行為舉止或許有些可疑，然而聽完大谷那席話後，這幾個字便在腦海中揮之不去。他確實很想試試看跟女友牽手的滋味，親手做的料理就更不用說了。話雖如此，他要如何對初白提出這種要求呢？

他們都已經是男女朋友了，或許只要毫無顧慮地說出口就行，但他覺得太丟臉了。最難堪的是，若以提供住宿的立場要求這種事，不就跟勒索沒兩樣嗎？

結城行進間一直想著這些事，不知不覺就回到自己家門前了。

「……牽手……親手料理……」

他轉開門把，打開玄關大門。

「……啊，結城，歡迎回來。」

「牽手！親手料理！」

「什麼？」

「咦？啊，等等，剛剛那個不算數！」

可能是很久沒聽到有人對自己說「歡迎回來」吧，結城脫口而出的居然不是「我回來了」，而是氣勢洶洶地高聲喊出這句話。

◇

「這樣啊，原來如此。」

「……沒錯，就是這樣。」

結城在起居室的桌前和初白面對面而坐。

剛才在玄關口不小心說出「難得變成男女朋友而想嘗試的事」，還被初白聽見了，要找藉口搪塞也不太自然，他只好老實承認。

親口解釋後感覺更加羞恥了。

正當結城這麼想時——

「……要牽牽看嗎？」

初白卻說了這句話。

「咦？」

「……要跟我……牽手看看嗎？」

說完，初白就伸出右手，放在桌上。

「……咦，真的可以嗎？」

「可、可以啊。畢竟結城……是我的男朋友嘛……」

初白的臉泛起紅暈，或許是覺得自己這麼說很害羞吧。看到自己的女朋友可愛到犯規的模樣，結城的臉也熱了起來。

「那、那就冒犯了。」

結城這麼說，並小心翼翼地準備伸手時——

「啊……那個……」

初白用幾乎快聽不見的細小聲音說：

「……可以的話……麻煩你……溫柔一點……」

「啊、嗯，說得也是。」

結城昨天就發現，只要有人對初白伸出手，或使用稍微強硬的字眼，她就會表現得過度驚慌。

所以牽手的時候，動作也要緩慢溫柔一些。

「……好。」

再次下定決心後，結城伸出手。

他看著初白放在桌面正中央，掌心朝向天花板的右手。

那隻瘦小的手白皙又美麗，不像結城的手有明顯的青筋，指節也不粗大。
結城再次看向初白。啊，這女孩真的很美。五官秀雅端正，黑髮烏黑亮麗，身形雖瘦卻十分勻稱，行為舉止也都充滿優雅氣質。結城的眼神看起來有點凶狠，一頭短髮只是隨便修剪整齊，一舉一動更是隨興粗魯，跟初白完全不一樣。所以他才會被初白深深吸引，也對肢體觸碰緊張萬分。
結城如此心想，並伸手準備觸碰初白之時——
他發現了一件事。
「……」
初白雙眼緊閉，渾身顫抖。
她平常給人的感覺沉穩又溫柔，此刻卻像極了害怕被處罰的幼犬。
結城明白其中的緣由。
從初白穿著的貴族女校制服領口，就能清楚看見瘀青和傷痕。
以及昨天看到的那些暴力留下的痕跡。
雖然只能透過想像推測具體狀況，但初白應該對被人觸碰一事相當恐懼。
於是結城緩和神情，將手收了回去。
「謝謝妳，初白。」
「……咦？」

初白抬起頭，睜大雙眼看著結城。

「妳很害怕吧？卻還願意跟我牽手，所以我很開心。」

「別、別這麼說……」

初白搖搖頭。

「……不行，你都好心收留我了……這點小事……」

「不要勉強。如果妳不開心，我的心情也好不到哪裡去。」

初白深感愧疚地低下頭。

「……真的……很抱歉。我還是……很害怕其他人……雖然我知道結城是個好人，可是……」

「沒關係，別著急，我們一步一步來。」

說完，結城對初白揚起一抹微笑。

「不過，那個，最後我還是想緊緊摟一下。」

「摟一下？」

「是啊，像這樣用雙手抱緊。」

結城這麼說，並張開雙臂，抱住床上的枕頭。

見狀，初白睜大了眼睛。

「……啊，妳嚇到了嗎？」

「呵呵。」

初白輕笑出聲。笑起來真的太可愛了吧喂。真想現在就不由分說地把她抱在懷裡。

「……說得也是。雖然還需要一點時間，但等我把思緒整理好之後，就再麻煩你了……」

「好。」

「啊，不過，用『交換條件』這個說法或許有點不妥，可是我會做一點料理，所以我來下廚。」

「喔，真的嗎！」

結城的心情立刻亢奮起來。這也難怪，畢竟女友親手做的料理可是所有男人的浪漫。

「啊，但我已經買超商便當回來了。」

「那就明天早上再做吧。」

「好啊，真令人期待！」

◇

隔天早上。

結城像平常一樣，在將近凌晨六點的時候醒來。

雖然把鬧鐘設定在六點整，不過身體已經習慣在這個時間起床了，所以他很少借助鬧鐘叫醒自己。他知道自己不會賴床，今天狀況卻好得出奇，精神飽滿地從床上彈起身子。

「太棒了，女友親手做的料理！」

心情跟遠足當天的小學生沒兩樣。

至於這位女朋友嘛，由於她的鬧鐘還沒響，所以仍睡在鋪設於客廳地板的棉被上。

兩天前初白還睡在房間的床上，然而在初白的建議之下，使用權又回到結城手上。

結城雖然想把床讓給初白，要她別放在心上，初白卻依舊有所顧慮地說：「結城才是家主，應該讓你睡才對。」

馬上就請她為自己下廚吧！

「初白，早……」

結果初白雙手緊緊揪著被單，蜷縮著身子熟睡著。她的表情十分僵硬，簡直像在害怕什麼似的。

「……對不起……媽媽……」

初白依舊閉著眼，嘴裡發出這陣低喃。

「……我……會繼續……努力……所以……」

「……算了，還是讓她好好休息吧。」

結城輕聲說道，接著關掉鬧鐘的定時裝置，準備整裝去上學，期間避免發出任何聲響。

他從冰箱拿出昨天在超商買的便當，連同筷子一起放在桌上。

隨後，他從筆記本撕下一頁，在上頭寫了些備註。

「……我出門了。」

輕聲留下這句話後，結城便走出家門。

◇

一如往常在課堂開始前一小時到校的結城，又一如往常地翻開參考書開始溫習。

「你還是這麼拚耶。」

這位是戴著半框眼鏡，瘦下來應該是個美人的大谷翔子。

「那當然，我哪有時間閒著。」

優待生制度有五種等級，結城是等級最高的ＳＡ優待生。ＳＡ優待生不僅能免除學費和設施維持管理費，連校外教學的公費和房租都能獲得補助。對完全沒指望跟父母拿錢的結城來說，可說是天大的恩惠。不過，ＳＡ優待生必須持續保持段考前五名的佳績。為了保持在前五名，就得付出相應的努力。

「還真辛苦。」

說完，大谷就回到自己的座位上開始看書。

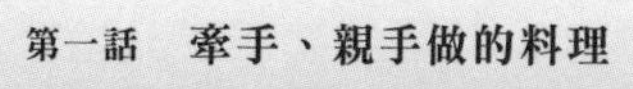

進入教室的前二順位永遠都是結城和大谷獨占。在課堂開始之前，結城會默默地解參考書上的習題，大谷則是安靜地看書。

他們在這段時間內基本上不會有任何交集，但大谷今天竟主動開口問道：

「還順利嗎？」

「嗯？」

「昨天那件事。」

「啊，那個啊。」

她問的是牽手和親手做的料理。

「呃，有待加強，昨天沒成功。」

「搞什麼，一點都不好玩。枉費我教你這一招。」

「……我們也有自己的步調。」

「剛認識就馬上告白的傢伙，還真好意思說。」

被她這麼一說，結城就啞口無言了。現在回想起來，結城只覺得當時的自己不太正常。

就在此時。

教室門忽然被用力打開，一名男學生隨即飛奔而入。

他是藤井亮太，是結城為數不多的朋友之一，現在二年級，也是棒球隊的王牌。

他很會帶氣氛，在棒球隊和班上都是個開心果。順帶一提，他的將棋實力強到可以在第六手就讓結城走投無路，但跟某職業棋士毫無關係。

除了有點煩人之外，這個男人不僅成績名列學年前十，還有一張爽朗帥氣的臉蛋，絲毫不亞於螢光幕前的男演員。儘管學校規定不能留太誇張的髮型，他也完全不放在心上。而且個性十分親和，跟所有人都能毫無隔閡地打成一片，可說是完美無缺的男人。這樣的他卻有個唯一的缺點。

「翔子寶貝～～～！」

這個男的不知有什麼毛病，總像個傻子一樣對大谷翔子發動猛攻。呃，大谷確實是個善於言談又穩重的好女人啦。

「妳今天也是美到最高點呢！跟我交往吧！」

「一大早就吵得要命。再不閉嘴的話，就把你畫進我的漫畫裡，讓噁心的大叔捅你喔。」

「這種嗆辣的感覺也棒呆了！」

「滾。」

大谷本人倒是冷淡至極。

藤井無奈地聳聳肩，看著結城說道：

「喂，結城，她為什麼感受不到我的心呢？我的愛意明明如此火熱激昂。」

「應該是因為你太輕浮了吧。」

說完，結城瞄了大谷一眼。

「輕浮、煩人，又沒有同理心。」

大谷毫不留情地如此斷言。這傢伙真的很猛。

結城向藤井問道：

「吶，以你的條件明明可以任君挑選，為什麼要苦苦追求一個會明確拒絕你的人啊？」

「嗯？這問題太蠢了吧。當然是因為我喜歡這樣的翔子啊！」

藤井毫不害臊，語氣爽朗地說出這種話。這傢伙也很猛耶。

「天下女子何其多，翔子寶貝卻只有一個！那我問你，要是你有女友卻對其他女孩有好感，你會跟女友分手，還是會腳踏兩條船？」

「我根本就不是你的女朋友。」

「但我在腦海中已經把婚禮場地都預約好了耶。」

「我決定了，下一本新作題材就是棒球隊王牌被遊民大叔○姦。」

這兩人又開始蠢言蠢語了。結城不以為意，雙手環胸低吟道：

「嗯唔～天下女子何其多，翔子卻只有一個啊……有道理，的確不會把其他女生列入考量。」

「什麼？咦？這說法是怎麼回事？咦，真的假的？結城有女朋友了？」

藤井瞪大雙眼，一副不可置信的樣子。好好一張帥氣的臉都崩壞了，班上女生看到應該會哭出來吧。

藤井看向大谷，彷彿要確認似的。

「是啊，沒錯，很驚訝吧。」

「……不會吧。」

結城低喃一聲「也沒必要嚇成這樣吧」。大谷當時聽到也很驚訝，可見對認識結城的人來說，這應該算是滿震撼的消息。

藤井嘆了口氣，又變回平常那副美少年的樣子說道：

「也好啦。你也稍微享受一下青春比較好。」

「嗯？為什麼？」

「哎呀，畢竟你把自己繃太緊了嘛。我也知道你要保持優待生的條件很辛苦。」

「是嗎？」

「是啊，從來沒看過你放鬆的樣子。」

結城一開學就拚命讀書和打工，根本沒注意到這一點。

「……對了結城，你還沒開始打棒球嗎？」

結城搔搔頭說道：

「是啊，沒理由打，現在也沒那個閒工夫。」

「這樣啊……不過還是祝你跟女友相親相愛啦！下次來個雙重約會如何，翔子寶貝！」

「去死。」

藤井被大谷狠狠瞪了一眼。

◇

初白作了個夢。

年幼的自己在夢裡哭喊著。

對不起、對不起，是我太任性了。我會乖乖的，拜託，拜託把那個人……

初白緊緊抱住棉被。

光是像這樣用某個東西包覆著身子，就有種自己與世界被隔絕開來的感覺，讓她稍微鬆了口氣。

緩緩睜開眼簾後，初白看向時鐘。

她的臉色頓時變得一片慘白。

——糟糕。

已經下午五點了，她明明答應結城要煮飯的。

『——！——！』

腦海中響起一陣怒吼。

「……唔！」

她在棉被裡蜷起身子。

搞砸了。罪惡感在腦海中不停盤旋。她真想就此消失。

「總之得先起床才行……」

即使消失了，自己睡過頭讓對方困擾的事實也不可能化為烏有。

雖然想試著起身，卻覺得身體比昨天還要沉重。看來過往累積的疲憊終於在第三天才正式爆發。

費盡千辛萬苦起身後，她發現桌上放著超商便當，還貼心地附上免洗筷。

旁邊放了一張從筆記本撕下的便條。

『這個鮭魚便當超級好吃，大力推薦！』

「……」

啊……他好溫柔啊。

方才仍震盪起伏的心終於恢復平靜。

「……我要開動了。」

於是初白打開超商便當蓋，吃了起來。

便當只不過是人工的量產品，又有點冷掉了，然而每吃一口，初白就覺得內心深處緩緩湧出暖流。

「謝謝你，結城。」

這份溫暖幾乎要逼出她的眼淚。

「……嗯，真的很好吃。」

她好像很久沒有在吃東西的時候，覺得食物如此美味了。

「我能不能也為結城做點什麼呢……」

畢竟從昨天開始就一直受到他的幫助。

「……嗯。」

吃完便當後，初白就站起身走向廚房。

◇

放學後，結城馬上就趕去打工。

他流著汗水辛勤工作，並在打工結束後踏上返家的路。

現在時間已經超過晚上九點。

一大早就到學校用功讀書，打工到這個時間點，回到家繼續溫習課業後再入睡。今天的行程也一如往常。

「這麼一想，我的生活好像真的只有讀書和打工耶。」

由於只是在做該做的事，他心中並無不滿，但他確實能理解藤井為何會說那些話。

「不過！我現在可是有女朋友呢！」

已經不能說他沒有在享受青春了。

「雖然還沒進行到戀人會做的那些事，但來日方長嘛……」

結城邊走邊喃喃自語，不知不覺就走回公寓了。他爬上樓梯，打開自家房門。

「啊，你回來啦，結城。」

「……」

初白上前迎接。她穿著圍裙，還將一頭黑長髮綁成馬尾。

雖然昨天也是如此，以往回家時總是一片漆黑的室內，此刻卻亮著燈。

「……怎麼了嗎？」

「啊、嗯，不，沒什麼。我回來了，初白。」

「……嗯。對了，結城……今天早上真的很抱歉。我明明跟你約好了，卻不小心睡過頭。」

初白語氣消沉地這麼說，並深深低下頭去。

她的身體依舊微微顫抖。說到底，其實是因為結城把鬧鐘關掉了，所以他根本不覺得生氣。然而這時候可能還是說清楚比較好。

「我沒有在生氣，把頭抬起來吧。」

「……真的嗎？」

「嗯。」

「……也對，結城就是這樣的人……」

「下次有空再做給我吃就好了。」

結城這麼說完，初白的神情便開朗了些，說道：

「好。我已經準備好了，請進吧。」

「嗯？」

結城乖乖聽話跟在初白身後。結果一走進起居室，他就聞到空氣中瀰漫著一股淡淡的高湯香氣。

……這、這……

該不會是……！

「我擅自用冰箱剩下的食材做了一點，但沒辦法做出太費工的菜色。」

是女友親手做的料理啊啊啊啊啊啊啊啊啊啊啊啊啊啊啊啊啊啊啊啊啊啊啊啊啊啊啊啊啊啊啊啊啊啊啊啊啊！

結城在心中擺出了勝利姿勢。

「哇！你、你怎麼忽然……」

「啊，抱歉。」

看樣子不只是在心中，而是真的擺出勝利姿勢了。

這也不能怪他。

這可是親手做的料理！女朋友！親手做的料理！

結城飛快地洗完手，在桌前盤腿坐下。

菜色是鍋燒烏龍麵。

「那個，我真的沒辦法做出太費工的料理……不好意思。」

「不不不！我太開心了！真的超級開心！這可以列入人生喜事前三名了！」

結城雙手合十說了聲「我要開動了」，隨即拿起筷子。

他先喝了一口湯頭。

啊，真好喝。

怎麼回事，跟我自己做的完全不一樣。

幾乎很少下廚的他，會做的只有將冷凍麵條解凍再隨便淋上麵味露這種男人料理，不過兩者的口味差異之大讓他難掩驚訝。初白用的應該是同一款冷凍麵條，為什麼味道會差這麼多？加在麵裡的配料也都吸飽了湯汁，好吃得不得了。

……啊，太好吃了，這味道簡直沁入心脾。

有個女朋友為自己做出如此美味的菜餚，實在太幸福了。結城沉浸在這份幸福之中，渾然忘我地將鍋燒烏龍麵吸入嘴裡。

「……」

初白始終用不安的表情直盯著結城看。

啊，對喔——這時結城才留意到。

烏龍麵太過美味，讓他忘了最重要的一件事。

「真的非常好吃。初白，謝謝妳。」

「……好、好，謝謝。我……很開心。」

說完，她有些羞赧地漲紅了臉。

唔喔喔，太可愛了。

結城看著初白，這才發現她綁起馬尾、穿著圍裙，這副模樣真的太適合她了。這種新婚嬌妻的感覺是怎麼回事？

他強烈地感覺到整個腦袋漸漸被幸福感吞噬。

女友親自下廚事件真的太猛了，沒想到厲害到這種地步。

結果他一轉眼就把烏龍麵吃光了。

「……真、真好吃，其實我還想多吃一點。」

「不、不愧是男孩子……我本來是想多做一些啦。那個，冰箱還有材料，要不要再做一碗給你？」

「咦？可以嗎？」

如果是做好的還有剩就算了，又要麻煩她從頭開始做的話，就有點不好意思了。

可是……嗯，他還是想多吃一點。這份美味當前，他無法欺騙自己的心。

「那就再給我一碗吧。」

「好。」

這時，結城為了將碗遞給初白而伸出的手，正巧和她為了接過碗而伸出的手碰到了。

「……啊！」

於是雙方的手掌就這麼自然而然地交疊在一起。初白手掌的柔軟觸感，從結城的手掌緩緩傳遞而來。

「……」

「……這樣……沒關係嗎？」

互相碰觸時，初白的手仍舊帶著些許顫抖。

結城本想將手抽離，卻被初白的手指溫柔包覆。

他驚訝地抬起頭看向初白。

「……說不害怕是騙人的……」

初白這麼說，臉頰變得比剛才更紅了。

「可是，開心的感覺勝過了恐懼……」

「這樣啊……」

「……是啊，沒錯。所以……可以再……維持一會兒……」

「好。」

「……」

「……」

靜謐感溫柔地籠罩著起居室。另外，若要用一句話形容結城的心情……

那就是——

唔喔喔喔喔喔喔喔喔喔喔喔喔喔！

搞什麼，我的女朋友太可愛了吧，而且終於牽手了。啊，這樣真的可以嗎？我的壽命會不會就到今天為止？

初白對結城內心的激動一無所知，又緊緊握住了牽著的手。她的眼角微微下垂，露出愉悅又安心的表情說：

「……好溫暖喔。」

唔喔喔喔！

初白，妳也吃啊。
好吃好吃。
啊，好，那我開動了。
ちゅる
すっ
つるん
我做得很好吃耶。
にこっ
嗯，有夠可愛。
ぽ～～

第二話　想送禮物

女朋友太可愛了。

我的女朋友太可愛了。

我的女朋友真的太可愛了。

「……吶，我的女朋友太可愛了，怎麼辦啊？」

「天曉得。」

午休時間，結城對正在看漫畫的大谷如此提問，結果被狠狠反駁。

但情緒持續高漲的結城仍沒打算停止。

「哎呀，妳看看這個。」

說完，結城便指向桌上那個打開的便當盒。

那是個親手做的便當。菜色有煎蛋捲、醬炒牛蒡紅蘿蔔絲、炸雞塊、炒青菜，白飯上還鋪了一層雞肉鬆。看似平凡，卻充滿了體貼及溫暖。

「感覺很好吃。」

「大錯特錯！這便當是超級無敵好吃！」

「……煩死了。」

大谷似乎說了什麼，不過結城決定別放在心上。

順帶一提，除了這個便當之外，打從初白第一次做飯給他吃的那天起，舉凡每天的早晚餐和中午的便當，就都由初白一手包辦。拜此所賜，結城這幾天的身體狀況都好到極點。只靠超商便當果腹，營養攝取果然還是不夠全面。

今天打工回家後，初白也會在燈火通明的家裡，做好一桌溫暖菜餚等他回家吧。

「真是謝天謝地。」

再怎麼感謝也感激不盡。

「不過，我很想做點什麼回報她。女孩子會喜歡的。」

「嗯～送禮物給她怎麼樣？」

大谷這麼說，並將正在看的漫畫拿給結城看。

以細膩筆觸描繪的少女，開心地將男友送的小熊娃娃抱在懷裡。

「哦，原來如此……」

他確實聽說過女孩子很喜歡可愛的東西。

結城在腦海中將漫畫女主角替換成初白。

她會滿臉通紅地接過結城送的布娃娃，這麼說道：

『……謝謝你（將布娃娃緊擁入懷）。』

「……可愛得要命啊！」

「最近你也是煩得要命……」

◇

「你要送我布娃娃？」

「是啊，想感謝妳平常替我做飯。」

當天晚上，結城馬上就在晚餐時間將送禮一事告訴初白。

「不，這多不好意思……」

初白卻立刻搖搖頭說：

「你都負擔了兩人份的餐費……怎麼能再給你添麻煩呢……」

「哎唷，這點小事別放在心上啦。別看我這樣，我不是在打工就是在讀書，沒有其他開銷，所以存款還不少喔。」

以他現階段的存款，負擔半年內兩人份的餐費和水電費都還綽綽有餘。

可是……

「……不，就算你這麼說……真的沒關係，我這種人……」

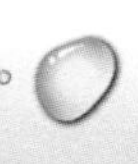

說著說著，初白便低下頭去。

還以為她會開開心心地接受自己的心意，沒想到她會這麼不好意思。

雖然初白用「我這種人」形容自己，但她外表這麼可愛，個性沉穩溫柔，還像這樣每天為自己張羅美味佳餚。

順帶一提，今天的晚餐是蛋包飯。蛋包的調味偏甜，非常好吃，感覺可以無止盡地吃下去。她真的是個完美無缺的好女孩，區區一兩個布娃娃而已，不管買幾個給她都不會心疼。

「啊～不然這樣吧，妳之後再用手機查查有沒有想要的東西。如果價格不貴，想要什麼就儘管說……對了，妳是不是沒有手機啊？」

沒錯，在現今這個社會，初白居然沒有手機。據她所說，她似乎不是忘在家裡，而是原本就沒有手機。

「那我去上學或打工的時候，妳不會很無聊嗎？」

這話由自己來說也有點奇怪，然而結城房間裡幾乎沒什麼東西，可說是無趣至極。頂多只有幾本參考書、一張書桌和矮桌而已，完全沒有用來打發時間的娛樂用品。倘若用手機玩點遊戲，上網隨意瀏覽，應該能排解無聊的心情。

「沒關係，我會借你的參考書來溫習。」

「就算妳這麼說，但光讀書也很無聊吧？」

「呵呵呵，結城有資格說我嗎？」

「被妳這樣講，我也無話可說啦。畢竟大谷那傢伙還用『青春灰暗男』來形容我。」

他就是個只會讀書打工的無聊人類，而且還是自認兼公認。

「不過……現在的我已經不灰暗了，畢竟回到家就能看見妳嘛。回家以後，家裡有人的感覺真的很棒。」

說完，他輕輕牽起初白的手。

初白也用纖細的手指溫柔回握。

從第一次牽手那天以來，初白似乎漸漸適應這種單純牽握的動作了。

「……結城。」

「嗯？」

「……我也很喜歡一邊煮飯打掃一邊等你回家的時光。」

「……是嗎？」

「……嗯。」

（可惡！真是個好女孩！好想做點什麼逗她開心啊！）

結城在心中大聲呼喊。

◇

「嗯～」

隔天。

放學回家的路上，結城順路來到附近一座商場裡的通信行。

「嗯唔～雖然想來幫初白買支手機，不過仔細想想，未成年購買手機應該需要父母的同意書吧。」

話說回來，她來結城家都快一個禮拜了，怎麼一點動靜都沒有？她父母沒有提出失蹤申請嗎？一段時間沒到校的話，校方也會有所行動吧。

「說到底，如果考量到手機定價和基本月租費，初白一定會拒收吧。連一個布娃娃都讓她推辭到那種地步了。」

雖然覺得這種超級好女孩不可多得，遺憾的是，結城也覺得初白是不是太乖了點。再任性一點點也無所謂啊……

「算了，乾脆瞞著她直接買吧。嗯～但這樣應該會讓初白愧疚到極點，害她沒辦法繼續住在家裡。」

雖然想將平日的感謝化作實質形式，不過要是對方不領情便毫無意義。

結城想著這些事，在商場裡到處亂晃，思考是否有更適合的方案。這時他看到一則廣告，讓他停下腳步。

「……這個或許行得通。」

◇

「我回來了。」

「歡迎回來，結城。」

結城一回到家，初白就像平常那樣上門迎接。

「我記得你說過今天難得不用打工，但還是有點晚耶。」

「對啊，我買了點東西回來。」

初白歪著頭有些不解。

於是結城從紙袋中拿出在商場玩具店買回來的東西。

「……這是……電動嗎？」

「是啊。因為以前發行過的作品出了重製版，我覺得很懷念就買回來了。一方面也是覺得可以在讀書空檔喘口氣啦。別說這些了，先吃飯吧，我好餓喔。」

「啊，說得也是。今天吃烤魚喔。」

初白的拿手菜以日式料理為主。總覺得她那細膩的調味方式會讓人想起老家的奶奶，吃起來非常放心。

今天的晚餐也美味極了。

◇

「好啦。」

結城買回來的是遊戲機ＰＷ４，和遊戲片「聖槍傳說３」。

我年紀很小的時候在朋友家玩過這款遊戲，還記得當時玩得非常過癮。

結城這麼說，同時將端子插上螢幕。

順帶一提，這台螢幕是之前大谷不需要才硬塞給他的，他根本沒在用，上面沾滿了灰塵。

「喔，連上了連上了。」

螢幕上出現了遊戲片頭動畫。

初白恐怕連觀看遊戲的經驗都很少，只見她無比好奇地盯著畫面。

「……好漂亮啊。」

「是啊。我以前玩的版本是像素圖，角色也沒有配音。最近的技術進步真的很驚人呢。」

不過過去的像素畫風也別有一番滋味，所以他很喜歡。

結城拿起手把。

「來玩吧。初白，拿去。」

「……咦？」

看到結城將2P手把遞給自己，初白眨眨眼睛。

「這遊戲可以兩個人玩。機會難得，要不要一起玩？」

「……」

初白有些小心翼翼地伸手拿取手把，彷彿不敢確定自己是否有資格碰這種東西。

「拜託妳了，初白……好嗎？」

「……好、好的。」

結城用盡可能柔和的口氣再次央求後，初白才接下手把。

她對第一次的體驗有些困惑，卻又好奇地到處把玩的模樣，實在可愛得不得了。

「好，遊戲開始。」

◇

就結論而言，初白是貨真價實的遊戲初學者。

首先，她連ＡＢ鍵的基本常用功能都不知道。如果是結城他們那個年代的人，大家至少都知道Ａ鍵是決定，Ｂ鍵是取消，自然而然就會按了。初白卻一錯再錯，不停低頭連聲道歉。

所以，她連操作本身都笨拙到不行。

現在也一樣，明明正在戰鬥，初白所選的獸人角色卻不停在空無一人的地方猛揮空拳。怪異的行徑讓人懷疑是不是吃了克○感。

「對、對不起，結城。我馬上過去！呃～嘿！」

說完，初白便豪邁地壓下搖桿，連帶全身都一起動作。

結果她的獸人角色就這麼莫名其妙地往敵人反方向猛衝，跑到關卡邊緣的岩石前面還不斷往前進。她要去哪裡啊？霍○華茲嗎？

「呼～好險，總算打贏了。」

最後結城獨自驚險勝敵。ＨＰ都變成紅色了。

「這一帶的敵人也越來越強了。啊，是可以回血的女神像，真是親切的設計。這樣正好，今天就先告一段落吧。」

說完，結城就將遊戲存檔並關閉電源。

「……嗚嗚，對不起，我一直在扯後腿。」

初白從剛才就不停道歉。

「哎呀，第一次都是這樣啦。實際玩過一次以後，感覺如何？」

聽結城這麼問，初白有些為難地用右手撥弄她的黑長髮。

結城最近發現，當初白猶豫該不該把內心話說出口的時候，就會有這種習慣。於是他決定耐心等待初白下定決心開口。

不久後，初白才微微開口，語帶歉疚地說：

「那個……我明明一直給你添麻煩，說這種話感覺有點厚臉皮，不過……那個……我真的很開心。」

結城聽到這句話後——

便在心中大喊一聲「好耶！」擺出勝利姿勢。

「那個，結城，怎麼了嗎？為什麼忽然擺出勝利姿勢？」

「咦？啊，不不不，沒事沒事。不過，就是啊，妳玩得真的很爛。」

「……嗚嗚。」

「所以我有個提議。如果妳願意，可以用其他存檔多多練習。這個遊戲也可以單人刷劇

情。」

「咦？啊，好，說得也是。我可不能再給你添麻煩了。」

「沒錯沒錯。好，那我去洗澡了。」

說著說著，結城便站起身，心滿意足地伸了個懶腰。

這樣初白應該就能在獨處時稍微打發一下時間了。

（我也覺得很開心啦。啊～這麼說來，我有多久沒在玩遊戲的時候這麼開心了呢……）

結城心想：雖然讀書時間被壓縮了一點點，但這種玩樂的時光感覺也不賴呢。

◇

「哦～跟女朋友一起打電動啊。」

跟初白打完電動的隔天。

在一如往常的午休時間，大谷吃著福利社買來的豬排三明治這麼說道。

「是啊，幸好初白也覺得很開心。說不定她現在正在練習呢……嗯？怎麼了，妳一臉意外的表情。」

「沒有，只是沒想到你會像這樣擔心別人。」

「等一下，這樣很像在說我平常不夠體貼入微耶。」

「……咦？」

「喂，別露出那種震驚的表情好嗎？好像在質疑我真的毫無自覺一樣。」

「開個玩笑罷了。你這個人雖然難懂，平常卻也會替他人著想。雖然我真心覺得你很難懂啦，大概就像湘南新宿線往高崎和往籠原的路線區別一樣難懂。」

「這個舉例才難懂吧！」

不過他有一次去東京回來的時候，確實搞錯路線搭到開往籠原的車。

「這次你的做法就比較好懂了。女朋友……是叫初白對吧？你不是為她買了遊戲嗎？為了讓她自在一些，還特地用『自己覺得很懷念，所以跟我一起玩』和『在下次一起玩之前妳可以多練習』這些藉口。」

被大谷完全說中了，讓結城有些尷尬。

「我是不是太雞婆了？」

「沒那回事。別說這些了，那個叫初白的女孩感覺有點隱情啊，而且還挺嚴重的。」

「啊，妳也這麼覺得嗎？」

「正常來說，這年頭的人怎麼可能沒有手機，從來沒打過電動呢？而且她都在你家住好幾天了，父母跟學校卻沒有任何表示，感覺也很可疑……」

大谷說得沒錯。不管是打算從廢棄大樓屋頂墜樓輕生，還是不願透露衣服下也清晰可見的瘀青和傷痕，種種跡象都十分異常。

結城將內心的想法說了出來。

「還有啊，她雖然是個好女孩，不過總覺得她乖巧過頭了。」

「是啊。借住在你家之前，她到底是過著什麼樣的生活呢……吶，我記得她就讀的是附近的貴族女校吧？那裡有我認識的人，要不要調查看看？」

大谷這麼問。但結城思考了一會兒後，還是搖搖頭。

「……初白似乎沒有意願談自己的事。我很喜歡現在每天晚上都做好飯等我回家的初白，所以在她順其自然整理好心情，願意向我開口之前，我都不打算詢問她的過往。」

「唉，好好好。多謝你一直放閃秀恩愛啊，甜到我都要胃食道逆流了。」

大谷嘆了一口氣，似乎充滿了無奈之情。

「算了，你這種人應該也不喜歡強制干涉別人吧。然而世界上還是有很多人心裡想說卻說不出口，這種人就會下意識等待某人多管閒事關心自己，尤其是女孩子。」

「是這樣嗎？」

「就是這樣。」

說完，大谷的眼神稍稍飄向了遠方。

◇

「心裡想說……卻說不出口啊。」

打工完回家的路上，結城心裡一直掛著大谷這句話。

這也是因為結城確實很在意初白的過往。

他懷著有些焦躁的心情走著走著，不知不覺就回到家門口了。

「但這陣子初白待在我家時，情況確實安定了不少。」

起初仍有些僵硬的笑容，如今也變得自然無比。

「我回來了。」

尤其是像現在這樣，帶著笑容對回到家的結城說「歡迎回來」並上前迎接的模樣，根本就是天使……

「……啊，歡迎回來……結城。」

「……」

看到從廚房走來的初白，結城微微皺起眉頭。

感覺她的氣色不太好，還有點站不穩的樣子，不知道是不是自己多心了。

「怎麼了嗎，結城？」

「初白……發生什麼事了嗎？」

聽到結城這麼問，初白的視線游移了一會兒才說：

「不，那個……沒什麼……」

「……是嗎？有事就跟我說一聲。」

「好、好的。啊，今天吃咖哩喔。」

「喔，這樣啊。」

在那之後便跟平常沒兩樣。

初白煮的咖哩好吃得不得了，後續也沒有特別的異狀。

由於這天打工實在太忙，回家時間比平常還晚，結城沒打電動就直接就寢了。

◇

自那天起，儘管速度緩慢，初白的身體狀況依舊越來越差。

當事人雖然說「我沒事，別擔心」，卻仍能明顯看出臉色不佳。

結城總是不由自主地想起大谷那句話。

『世界上還是有很多人心裡想說卻說不出口，這種人就會下意識等待某人多管閒事關心自己，尤其是女孩子。』

正好這幾天打工都很忙，回家時間也比平常還要晚，更加劇了結城焦慮的心情。

結果某天晚上。

當初白為了收拾晚餐餐具而站起身時。

竟忽然當場倒下。

「初白！」

結城連忙跑到她身邊，懊悔之情在腦海中揮之不去。

初白這幾天果然不太對勁。在她昏倒之前，是不是還有更多方法可以避免？

（不對吧，現在應該快點叫救護車……）

可是——

「嗯？」

正當結城準備將昏倒的初白喊醒時。

「……嘶……嘶……」

卻傳來一陣安穩的鼻息。

「嗯嗯？」

「……嘶～瑪〇聖域……威爾〇威普斯……布斯〇布……」

「嗯嗯嗯嗯？」

初白喃喃自語的，好像都是「聖槍傳說3」出現的用語……

將初白抱到床上安睡後，結城將第一次玩過後就再也沒碰的「聖槍傳說3」開啟。

結果他驚訝地睜大雙眼。

「這是怎樣？」

在結城和初白雙人模式的存檔1底下還有個存檔2，而且已經破關了。

「遊戲時間……六十小時……」

他買回來以後才過了四天而已。

「所以她只是……單純睡眠不足？」

「……嗯～忍者〇師太難打了吧……」

初白在睡夢中痛苦地呻吟道。

◇

時間來到隔天中午。今天是假日。

結城對昏睡了十二小時才終於醒來的初白說：

「妳是不是一整天都在練習啊？連半夜都偷偷起來練。」

「……對。因為結城睡得很沉，只要我關靜音練習，你似乎也不會被吵醒。」

初白在結城面前正襟危坐，低著頭這麼說。

結城平常都忙著讀書和打工，老是拖著疲憊的身子回家，確實很快就進入夢鄉了，一點點聲響並不會把他吵醒。

「不過妳連支線成就都達成了耶，裝備也幾乎都湊齊了嘛。」

啊，原來這個角色的裝備，在重製版是這個模樣啊。

其他裝備也是如此。像這樣用ＣＧ觀看的感覺跟印象中不太一樣，感覺很新鮮。

「……對不起。」

初白看起來非常沮喪。

然而結城覺得她並沒有做什麼傷天害理的事啊……

「……害你擔心了。我今天不但沒準備早餐，更糟糕的是……在你認真讀書打工的時候，我居然玩得這麼瘋。」

沒錯，初白就是這樣的女孩。

連這種事都要顧慮到對方的心情，深切地自我反省，實在乖巧過頭了。

她的嗓音在顫抖，簡直就像打破窗戶被父母痛罵的孩子。

現在也是一副泫然欲泣的表情，不知是恐懼或後悔使然，可能是懼怕對方即將燃起的怒火吧。雖然不知道她怎麼會怕成這樣，但初白對對方的怒氣似乎會過度恐懼。

初白以好不容易才擠出的聲音說：

「……我再也不會打電動了，所以……」

所以——

「嗯，看妳玩得這麼開心，真是太好了。」

結城用開朗的聲音如此說道。

「……咦？」

初白露出驚訝的表情，似乎不明白結城怎麼會對她說這種話。

「幹嘛，我臉上沾到東西了嗎？」

「不，那個，不是這樣。」

「妳居然玩了六十個小時，可見玩得很開心吧。」

初白僵在原地一會兒，不久後才低聲回答道：

「……對，非常開心。那個……」

初白小心翼翼地問道：

「……你沒生氣吧？」

結城嘆了一口氣，隨即湊到初白身邊，將自己的手覆上初白顫抖的手。

原本低著頭的初白抬起頭來。

兩人的視線交會後，結城直盯著初白的雙眼說：

「我沒生氣。」

「……！」

「我怎麼可能為了這種事生氣啊。再說這個遊戲，也是為了讓妳打發閒暇時間才買回來的。」

「是啊，那個，我也隱約有這種感覺……」

「所以妳玩得開心，我也高興，就只是這樣而已。啊，但妳唯獨沒忘記替我做飯這一點，讓我很開心。最近品嚐初白做的料理，似乎變成了我的生存意義呢。」

「…………嗚嗚。」

「嗚？」

「嗚嗚嗚嗚嗚嗚嗚嗚嗚……」

「唔喔！妳怎麼了？」

初白忽然像孩子般大哭起來。怎麼回事？是手握的力道太強了嗎？

結城慌忙地想把手抽開，初白卻回握住他的手。

「……結城……你為什麼……要對我這麼溫柔……」

初白眼眶泛淚地這麼問。

這樣算是溫柔嗎？對結城來說，這只是自願為初白付出的行為而已。因為沒想到會讓她哭成這樣，所以他心裡滿是焦急。

不過，若要問他為什麼，那也是因為……

「因為我是初白的男朋友啊。」

聞言，初白的淚腺又湧出了更洶湧的淚水。

結城雖然有些困惑，卻仍溫柔地撫摸泣不成聲的初白的頭。

初白的髮質觸感相當柔順，他覺得舒服極了。

於是初白的哭聲就這麼在靜謐的房內迴響了一段時間。

「……放心，沒事的。等妳心情平復一些，我們再一起打電動吧。」

結城將這句話重複了一次又一次，並繼續撫摸初白的頭，直到她不再哭泣為止。

◇

由於初白冷靜了許多，兩人便決定將傍晚到打工前的這段時間拿來打電動。

他們讀取了買回來第一天一起玩過的那個存檔1。

那麼，初白在這四天不眠不休的鍛鍊之後，究竟實力如何呢？

「啊，結城，這個敵人我直接解決嘍（咻啪啪啪啪）。」

「喔，好。」

有、有夠強。完全沒被敵人的反擊傷及半分，還用連結城都不知道怎麼用的神祕連擊，將中頭目打得落花流水。

「唔，雖然沒打中，但攻擊手法還是挺高明的。真氣人……」

看來我得盡全力支援才行，免得扯她後腿。

初白操控的獸人角色就是這麼強，讓他不禁這麼想。當結城對她華麗的技法看得入迷時，中頭目就這麼爆裂四散了。

「呼……五分十三秒啊。剛剛有一擊不小心失誤了，才會比之前的戰鬥時間慢了五秒，真是我人生中的一大汙點。真的很抱歉，讓你見笑了。」

「哪有，妳的技術超強，我甚至看不懂妳在做什麼。」

而且照理來說，這本來就不是競速型的遊戲。

「啊，不要從這個地圖進去，從這條路繼續往後走比較好，因為會傳送到再晚一點才能前往的城鎮，我們可以在那裡買到很強的裝備。我猜應該是設計上的失誤吧。」

甚至連這種類似密技的細節都發現了，真不枉費這四天的六十小時。

「呵呵呵，稀有敵人出現了呢～看我來大賺一筆。」

（嗯～總覺得好像……有點寂寞呢。）

結城面帶微笑地看著沉迷於遊戲的初白，同時卻也這麼想。

這大概是初白目前為止最閃閃發亮、精神飽滿的笑容吧。連他都不禁自嘲地想：只有度量狹小的男人才會跟遊戲吃醋。

「啊，結城，你該去打工了吧。就先玩到這裡吧。」

「啊，說得也是。」

聽初白這麼一說，結城便將遊戲存檔並關閉電源。

美麗的畫面和音效消失後，回歸寧靜的房間哩，只剩下結城與初白並肩坐在螢幕前。

去打工之前還有一小段時間，所以結城還想再跟初白多聊一會兒。

「初白，妳變得很厲害耶，我只能跟在妳後面跑。」

當結城說出這句話時。

「那個……結城。」

「怎麼了？」

「那個……肩膀。」

肩膀？結城往自己的肩膀看去，卻沒有沾上任何東西。

初白雖然有些忸怩，但不久後終究還是小心翼翼地說：

「可以讓我靠一下嗎？」

「咦？啊……嗯，我是無所謂。」

結城被這意料之外的請求嚇了一跳。

「但妳可以嗎？」

畢竟初白對外人的觸碰相當恐懼，一開始連碰手都做不到。

「說、說不害怕是騙人的……可是，因為我想這麼做……」

這麼說著的她，身體微微發顫。

原來如此，儘管心懷怯意，初白仍想努力往前進啊。

「這樣啊，那就過來吧。」

「好、好的，那我靠過去了……」

初白這麼說，起初還有些猶豫地僵著不動。

然而沒過多久，就有一股暖暖的觸感靠上結城的肩膀。

「好溫暖……結城……謝謝你。」

明明是用同一款洗髮精，初白散發的香氣為什麼這麼柔和呢？結城的心跳不禁加速了幾分。

雖然很想繼續感受彼此的體溫和這股寧靜時光，初白卻開了口：

「……吶，結城，你最近都很晚回家呢。工作很忙嗎？」

「對啊，最近有點忙。但最忙的時期已經過了。」

「這樣啊……那太好了。」

初白用真的安心許多的聲音這麼說，並將手搭上結城的手。

「……那個，結城在外面努力讀書工作，我也明白自己這種想法不太好，可是如果你能早點回來，我會很開心。」

初白把頭靠在結城的肩膀上。

「遊戲雖然很有趣，但……我還是覺得，像這樣和結城溫存的時光是最快樂的……」

「初白……」

啊。

她真的……

好可愛啊。

主動開口可能讓她覺得很害羞吧，滿臉通紅的樣子實在讓人憐愛不已。

……今天真想請假不去打工。

好想再繼續和初白溫存六十個小時。

◇

變成男女朋友交往一段時間後，也見識到初白各式各樣的面貌。

結城如此心想。

對她的第一印象，是個陰沉憂鬱的少女，不過試著溝通後就能發現她是出身高貴的優雅女孩。性格太過乖巧，常表現得過度膽怯，還會樂此不疲地沉迷於遊戲當中。

「這種女朋友也是可愛到有點過頭了，我該怎麼辦啊？」

「啊～是是是～你很幸福吧～」

隔天結城對大谷如此傾訴後，大谷卻繼續嚼著豬排三明治，毫無感情地含糊帶過了。

「對了，初白。」

「嗯？」

吃早餐的時候，結城將先前就在意許久的問題說出口。

「妳有沒有什麼想要的東西？畢竟現在的生活必需品都是我預先準備好的。」

在結城救下她的那一天，她的包包裡就裝了生理用品和學校指定的運動服，所以最低限度的必需品還不算缺。

「……嗯～不知道耶，我覺得沒什麼問題啊。」

「是嗎？」

初白是女孩子。因為她沒有特別提出要求，結城也不會主動詢問，但他心想她或許原本會用到某些必需品。

「是啊。啊，結城，要再添一碗飯嗎？」

「好，麻煩妳了。」

初白接過結城的碗後，便往廚房走去。

看起來不像是在勉強自己。

「唔嗯～」

◇

「大谷，妳覺得呢？」

「我覺得有問題。」

放學後，結城找大谷商量，結果大谷斬釘截鐵地這麼說。

「跟我們只差一歲的女孩子，衣服居然只有制服和運動服各一套，也不化妝，稱得上興趣的興趣只有你買的遊戲而已。即使如此，心中卻沒有任何不滿，簡直太詭異了，真的詭異到極點。」

「這麼嚴重啊？」

「是啊。以男人為例的話，就是完全不打〇槍卻依然清心寡欲那麼異常。」

那真的是相當異常了。

「然而她本人似乎真的沒有任何不滿，看起來也不像在勉強自己。但我覺得自己不太擅長觀察這方面的心情啦。」

「……也對。雖然這只是我的推測，不過她在你家借住之前，應該跟同世代的女孩子沒什麼交集吧。光聽你的描述，就覺得她未免也太無欲無求了。」

大谷從自己的書包裡拿出一個琉璃色的扁圓形罐子。

「這是什麼？」

「保養乳霜啊。這種乳霜是多效合一，各種肌膚保養的必要元素都在這一罐裡面，不僅價格平易近人，用起來感覺也不錯。我推薦給其他人之後，有很多人都持續使用呢。」

「是喔，我對這方面一竅不通，感覺很新鮮呢。啊，聞起來也很舒服。」

「這也是這罐乳霜的優點之一。香味太強烈的保養品，有人喜歡有人不喜歡，所以很難推薦給別人……同年代的女孩們平常就會聊這種話題，自然會對這些東西產生欲求吧？」

結城恍然大悟地點點頭。

然而也有可能像前陣子的結城一樣，因為有必須完成的重要事項，才對其他事物一點興趣也沒有。

結城自己也知道，像他這種人，在同世代的年輕人當中幾乎寥寥可數。

「相反地，要是不對這種事物展現出一點興趣，就會漸漸跟不上大家的對話。就算只有一個也好，你的女朋友可能需要同性友人教教她這些『通俗知識』。」

「這樣啊，教導『通俗常識』的同性友人……」

現階段實在沒幾個人可以指望。

初白雖然是個好女孩，卻相當敏感脆弱，對他人恐懼萬分，又會過度害怕惹怒他人。而且她現在跟結城同住一個屋簷下，雖然是男女朋友，也沒做什麼違背良心之舉，但大部分的人應該都會懷疑吧。

理解這些狀況後，還能跟初白交往又值得信賴的女孩子，應該少之又少吧？

「嗯～……嗯？」

結城看向隔著桌子與他面對面的大谷。

大谷就立刻別開視線，起身離開座位。

「好，我要回家繼續玩緋色的○片了。」

大谷起身想走，結城卻緊緊抓住她的上衣衣襬。

「幹嘛？」

「……大谷啊，我相信妳是個『通俗常識王』，所以有個請求。」

「半年份的午餐錢。」

「這價碼一下子喊太高了吧！半年太長了，不如兩個禮拜……」

「看來我們是沒有緣分了。」

「啊～等一下等一下。兩個月，兩個月怎麼樣？」

結城焦急地這麼說，大谷隨即勾起一抹微笑。

「我就喜歡通情達理的男人，結城。」

◇

「事情就是這樣，明天我會叫朋友來家裡玩。」

「哦，原來如此。」

結城放學打工完回到家，吃了晚飯又讀了會兒書。完成這一連串例行工作後，他和初白相互依偎著靠坐在床邊。

睡前感受著彼此的體溫，聊點可有可無的小事，已經變成兩人的習慣了。

「……那我要不要在那段時間出門迴避？」

「啊～沒事，妳不用勉強，她知道我們的狀況。其實我也跟她聊過很多關於妳的事了。」

聽結城這麼說，初白莫名地微微皺起眉頭。

「……那位大谷是女孩子吧？」

「啊，對啊，是我的同學。而且就坐在我後面。」

「她是什麼樣的人？」

結城「嗯～」地思考了一會兒後說：

「她很穩重又善於言談。基本上是個有點嚴肅的人，偶爾卻也會開開玩笑，而且很會照顧別人。感覺她一天到晚都在看漫畫或小說，但還是會認真讀書，成績也不錯。」

「……你對她讚譽有加呢。」

「畢竟是我唯一的女性朋友嘛。硬要說有什麼不滿的話，我想想……她現在也還算受歡迎，不過要是再瘦一點，應該會變成超級大美女。雖然這是個人的自由啦，然而在外人看來，多少覺得有點可惜。」

「……哦～是喔～原來如此原來如此。」

初白這麼說完，便忽然從結城身邊退開，將臉別向一旁。

少了她的體溫後，逐漸冷卻的右肩感覺有點寂寞。

「怎麼了，初白？」

「不知道。」

語畢，初白就露出生悶氣的表情。這是怎麼回事？結城困惑不已。

為什麼忽然生氣了？他只是在形容大谷是個好人而已……

（難、難道……這就是……）

結城那顆段考成績學年頂尖的金頭腦，得出了一個結論。

（嫉妒嗎！）

他受到如雷貫頂的衝擊。

這樣啊，原來是這樣。不過也是啦，要是男友在自己面前對其他女生大肆讚美，心情自然好不到哪裡去。但是……原來她在嫉妒啊。

唔喔喔喔。儘管對初白有點不好意思，不過這可是初白將自己放在心上的鐵證，讓他忍不住雀躍起來。雖然這種話他也不可能說出口就是了。

「……你的嘴角為什麼往上揚了，結城？」

「哎呀，因為初白在吃我的醋，感覺有把我放在心上，讓我很開心……啊，說出來了。」

結果他就這麼說溜嘴了。

初白變得面紅耳赤，生氣地鼓起雙頰。

「……結城是大笨蛋……看招。」

「喔唔。等等，別用手指戳我側腹啦，很癢耶……喔唔。」

在那之後，結城的側腹又被初白戳了好一陣子。

◇

隔天。

因為教職員有其他行程，這天只上半天課。於是放學後，結城和大谷便來到結城的住處前。

「這麼說來，我還是第一次進去你家耶。雖然拿螢幕的時候有來過一次。」

「這倒是。」

大谷在放學後有先回家一趟，雖然還穿著制服，卻已經把書包換成其他背包了。裡面到底裝了什麼東西啊？

「好啦，終於要跟讓我成天聽到煩的初白小姐見面了啊。都是你開口閉口一直誇她可愛，害我也開始在意起來。」

「哼，我說的是實話啊……初白就是世界第一可愛。」

喀嚓。

「打擾了～」

「聽我說話啊！」

可能發現結城又要開始曬恩愛，大谷立刻開門入內。

結果一踏進玄關，初白就像平常那樣穿著制服走出起居室。

「你、你回來啦，結城。」

「啊，我回來了。呃～跟妳介紹一下，她是跟我同班的大谷翔子。」

初白的表情似乎有些緊張。雖然聽結城提過，但她果然還是不敢跟結城以外的人面對面談話吧。

「好、好的。幸會……我是……初白……小鳥……」

啊～看吧，她說得越來越小聲了。

另一方面，大谷則是——

「……」

她瞪大雙眼愣在原地，簡直就像看到不可置信的現象一般。

「喂，妳怎麼了？」

「……不會吧……怎麼會……」

大谷喃喃低語著，搖了搖頭。

她的反應怎麼不太尋常……不對，等一下？

結城的腦海中浮現出某種可能性。

（難道……大谷認識初白嗎？）

這麼說來，大谷說過她在初白就讀的學校中有認識的朋友。該不會她已經透過關係得知初白的情報了？

那到底是什麼因素讓她表現出如此劇烈的反應？

「……因為……這……太離譜了吧……」

大谷有點站不穩，還將手搭上玄關大門。

就像看到幽靈似的。

難道初白跟她年幼時期失蹤的朋友長得一模一樣？之前被大谷逼著看的漫畫好像出現過

這種情節。

總而言之，初白似乎也很擔心大谷。得先出去外面跟大谷問個清楚才行。

「為什麼……」

「喂，大谷，我們出去一下。」

「這個木頭人的女朋友，為什麼會是這種黑長髮的超級美少女？是在瞧不起這個社會嗎？」

結城聽了馬上來個綜藝摔。

「妳是被這件事嚇到喔！不要讓人誤會好不好！」

大谷用看著蠢蛋的眼神掃了結城一眼。

「……你幹嘛做出這種白痴反應？」

「妳哪有資格說我……」

不過，看到其他人表現出這種反應，讓結城再次體會到初白真的是美若天仙的少女。

大谷轉頭看向初白後，便用平常那種堅毅的嗓音打招呼。

「幸會，初白，我是大谷翔子，跟這位反應三流的諧星是同學。」

居然被說得一無是處。

「妳、妳好。請多指教，大谷。」

「嗯～」

「那個，為什麼緊盯著我的眼睛……有什麼問題想問我嗎？」

「嗯～眼睛裡沒有愛心符號嘛，眼睛還有點無神。」

「喔、喔……」

初白看起來似乎一頭霧水。

「結城，讓我看看你的手機，我要檢查你有沒有安裝催〇ＡＰＰ。」

「沒有啦！」

「開玩笑的啦，玩笑指數大概是三成。」

認真指數比想像中還要高。

「別說這些了。初白。」

「是、是的。」

「不用我多說妳應該也能明白，這傢伙雖然很難懂，然而個性還不錯。雖然真的很難懂啦，具體來說就像湘南新宿線的——」

「妳已經講過了。」

湘南新宿線到底是多難懂啦。

「但妳能明白這傢伙的優點，我覺得妳很有看人的眼光，而我就喜歡有識人之明的人。所以，如果我能得到妳的賞識……我們能不能做個朋友？」

說完，大谷就伸出右手。

「呃，那個……」

初白有點困惑地看向結城，結城則默默地點點頭。

見狀，儘管有些緊張，初白還是伸出自己的手，握住大谷的右手。

「……以後請……多多指教。」

「嗯，請多多指教。」

看樣子，兩人的第一次接觸算是相當順利。

太好了太好了——結城感到欣慰的同時，也覺得有些不甘心。畢竟他可是花了點時間才跟初白進展到牽手這一步。

「……那個，你怎麼了，結城？」

可能是心情寫在臉上了吧，還被初白關切了。

「……不，沒什麼。我只是在想，女孩子真的很快就能打成一片呢。」

聽結城這麼說，初白一臉驚訝。

「……結城，難道你在嫉妒嗎？」

「咦？呃，並沒有……」

「呵呵，這樣啊……呵呵。」

初白露出了開心的笑容。

唔，他確實覺得非常不甘心。

「等一下，搞什麼啊……之後我還得繼續被這種都要讓人眼睛睜不開的粉紅光波閃嗎？」

大谷有些煩躁地這麼問。

◇

自我介紹也告一段落了，於是結城一行人先進入起居室。

「東西還真少～」

這是大谷開口的第一句話。

雖然初白沒特別說些什麼，但結城再次體認到，房裡物品很少這件事果然很稀奇。

「大谷，請喝茶。」

「哎呀，妳很機靈呢，真是個好女友。」

「對吧！初白真的是個很棒的女朋友。勤勉、機靈，廚藝又一流。」

「……唔！」

「……要跟別人炫耀女朋友是無所謂啦，不過被你大力稱讚的女朋友已經面紅耳赤了喔。」

大谷說得沒錯。結城看向初白，只見她白皙的臉龐變得通紅一片，還用剛才端茶過來的托盤遮擋著。

當面聽到自己被瘋狂稱讚，確實會滿害羞的啦。

「抱歉抱歉，初白。我就是忍不住想炫耀。」

「……結城，你真討厭……」

初白嘴上雖這麼說，看起來卻有點開心。這是男友的偏心濾鏡嗎？

結城也不由自主地勾起微笑。

「……」

大谷的表情看起來就像喝光了一整杯糖漿。

「妳怎麼了？」

「毫無自覺啊……我沒事，只是覺得跟你們在一起，我可能會得慢性病。」

「？」

結城和初白聽不懂大谷的話中含意，紛紛歪過頭去。

「算了，沒差。」

大谷這麼說，並窸窸窣窣地從包包裡拿出東西來。巧克力、餅乾、彈珠汽水、軟糖……

總之就是零食。

見狀，結城問道：

「哦？伴手禮啊？」

「算是吧，我去朋友家通常都會帶點零食。」

「難怪妳瘦不下來。」

喀滋。

「啊唄咿！」

大谷在桌下使出一記前踢，狠狠擊中結城的小腿骨。

「……」

「嗯？初白，妳怎麼一直盯著零食看？」

「啊，那個……」

看到初白的反應，結城留意到某件事。

「難道妳沒吃過？」

「……對。雖然我記得小時候有吃過。」

繼沒有手機之後，又來了一個令人震驚無比的事實。

大谷也也驚訝地眨了眨眼。

「是嗎？」

然而她只低語了這麼一句，便將雞汁口味的洋芋片從包裝背部撕開來放在桌上。這種開法可以讓所有人都隨手拿取，很有派對的風格。

「來，吃吃看吧，初白。」

聽大谷這麼說，初白就膽顫心驚地伸手拿了一片，感覺像在試毒一樣。

「我、我要吃了。」

初白張開嘴，往洋芋片一角咬了下去。

而大谷目不轉睛地盯著她看。

「……啊，真好吃。」

初白露出有些驚訝的表情，說出這一句直白的感想。

見狀，大谷滿意地點點頭。

「喏，再吃一片吧。」

「咦……可以嗎？」

「可以啊。」

說完，大谷也拿起一片洋芋片放進嘴裡。

「這種時候，不要客氣才是禮貌喔。」

「……那我就繼續吃了。」

初白再次彬彬有禮地說了聲「我要吃了」，並拿一片來吃。

這次吃進嘴裡後，她勾起了一抹笑容。如此直率的反應，完全表達出吃到美食幸福洋溢的滋味。

在那之後，初白就像被不停伸手拿洋芋片吃的大谷影響一般，拿了一片又一片放進口中。

看到初白小小的嘴巴咬啊咬的，把區區一百日圓的零食吃得如此滿足的模樣，大谷露出了微笑。

「原來如此。」

說完，大谷就將身體撐在桌上，摸摸初白的頭。

初白嚇了一跳。

「那、那個，大谷……」

「哎呀~真是的。結城，我好像明白你為什麼老是誇初白可愛了。」

「……這、這怎麼……好意思。大谷才是，既帥氣又漂亮……」

「被妳這種天生麗質的人稱讚，感覺有點不爽耶……但妳這麼可愛，我就饒了妳吧！」

大谷這麼說，又繼續寵溺地摸摸初白的頭。被大谷這麼摸來摸去的初白雖然有點困惑，卻沒有特別恐懼的感覺。

就在此時，玄關口的門鈴響了。

「啊，我去開門。」

就讓她們繼續培養感情吧。

◇

「推銷報紙的差事感覺也很辛苦呢。」

結果他站在玄關外談了超過十分鐘。

對方看起來像女大學生，身材很好。雖然結城一直婉拒不需要訂報，她還是拚命用洗衣精或遊樂園招待券等贈品纏著結城。若是不擅長拒絕的人，應該就會跟她簽約了吧。

結城打開玄關大門，再次走回屋內。

（不過，幸好有帶大谷過來。）

光從剛才的樣子來看，她們的感情似乎相當融洽。比起同性友人，看起來更像姊妹。

初白似乎也很開心。這樣她應該就能自然而然地從大谷身上學習普通女孩的常識了吧。

結城這麼心想，並走回起居室。

「抱歉抱歉，推銷員一直纏著我。」

「怎麼樣，初白？我覺得秀介和彰良這對ＣＰ超級火辣。」

「喂，妳在幹嘛？」

大谷正在讓初白看漫畫。封面上有兩個美型男身軀緊貼，臉都快貼在一起了。

「幹嘛？這本是普遍級的，完全沒有鹹濕畫面耶。」

「呃，不是這個問題吧。我是希望妳能教她通俗常識，不是讓她沾上病菌耶。」

「說什麼傻話～這可是淑女的嗜好啊。不可能有討厭ＢＬ的女人。」

「妳的思考太偏頗了吧。」

「好啦，初白，妳覺得如何？」

「那個～我好像看不太懂。」

初白乖乖地看著大谷拿給她的漫畫，這麼說道。

看吧——結城用眼神對大谷示意，大谷則略顯遺憾地垂下肩膀。

「可是……」

初白自己也有些困惑地說：

「為什麼呢……看到兩個男人臉頰緊貼……內心深處，就有種激昂躁動的情緒……」

有種激昂躁動的情緒。

大谷的雙眼閃閃發亮，彷彿見證了新生命誕生般說道：

「……非常好，初白，妳絕對能成為一名優秀的淑女。啊，對了，最近很多人在玩這款叫FBO的手遊喔。」

「喂，等一下，聽說這遊戲很花錢耶。」

「沒那麼誇張啦，頂多每個月拿一兩張萬圓鈔票獻給聖杯而已。」

「根本就是超恐怖的暗黑ATM嘛！」

這下結城忍不住心想：把大谷帶回家可能是個錯誤的決定。

順帶一提，由於初白沒有手機，所以也不能玩FBO。

◇

三人吃著零食談笑了一會兒。大谷看了看時鐘，卻忽然站起身。

「已經這麼晚了啊，該走了吧？」

「去哪裡？」

大谷回答結城的提問：

「這還用問，當然是附近的商場啊。要去買初白的衣服。」

啊，原來是這樣啊——結城這才明白。

然而初白一臉驚訝地問：

「我……我的衣服嗎？」

「對啊。總不能永遠像現在這樣只有一套制服跟運動服吧？」

「但目前為止也沒什麼困擾。啊，但如果再多一套衣服，洗的時候或許會比較輕鬆。」

「……呃，我不是那個意思。雖然有聽結城說過，不過妳還真是無欲無求耶。」

大谷嘆了口氣。

畢竟是連知道自己物欲不高的結城都不禁訝異的程度。

照這樣看來，她應該又在擔心結城破費而不敢接受吧。

「……而且結城都讓我借宿了，我也不好意思奢求太多……」

她果然說了這番意料之內的話。結城總是心想，初白這種為他人著想的地方雖然惹人憐愛，但稍微再任性一點也無妨啊。

「啊～這樣啊～真是太可惜了～結城。」

大谷用毫無感情的語氣這麼說。

「哎呀～之前在學校的時候，結城還說過好想看看女友打扮時髦的樣子呢～」

妳幹嘛忽然說這種話啊——結城雖這麼想，大谷卻用眼神對他示意：配合我演下去。

雖然很想擺脫「在學校說溜嘴」這種設定，但為了初白實在無可奈何。

初白也用確認般的眼神往他這裡看。

「啊，對啊，好想看看跟平常不一樣的初白喔。」

看到結城以認真的表情這麼說，初白臉上泛起紅暈。

「……呃，好吧。如果你願意買新衣服給我，我也很開心。」

「很好，那就走吧。」

心滿意足地說完後，大谷快步走向玄關。

「我們也出發吧。」

「好。」

然而在出發之前，有件事還是得先問清楚才行。

「吶，初白……妳真的沒問題嗎？」

「……嗯，沒問題。」

「喂～快點走啦～」

大谷在玄關口喊了一聲，結城和初白便走了過去。

結城用在這裡定居後已經重複過無數次的熟練動作穿上自己的鞋，並打開玄關大門。

初白則在玄關前直盯著來這裡之前穿的那雙學校指定的皮鞋。見狀，已經先走出屋外的大谷問道：

「怎麼了，初白？」

「不，沒什麼。抱歉……我馬上穿鞋。」

「……吶，初白。」

「……沒事……我沒事。」

初白這麼說，並穿上鞋子站了起來，感覺就像在說服自己似的。

當她準備走出玄關時——

卻身形不穩地倒了下來。

「初白！」

大谷被這突發狀況嚇了一跳。

「哎呀。」

早在初白身旁預先準備的結城，用雙手撐住她的身體。

「……果然還是有點困難。」

「……謝謝你，結城。」

「結城，『果然』是什麼意思？」

聽到大谷的疑問，初白用有些顫抖的嗓音回答：

「……抱歉讓妳擔心了。說來丟臉，外出對我來說還是有點……」

「總之先坐下來吧，初白。」

沒錯，初白在結城家借宿以來，至今都沒有踏出門外一步。或許來到這裡之前發生過某些事，導致她在玄關穿好鞋站起身時，就會全身虛脫。

無論嘗試多少次，結果都一樣。初白來到這裡之後，只有要去陽台曬衣服時才會走出戶外。

所以晚餐的食材都是先由初白列成清單交給結城後，再由結城去附近的超市採買。

結城知道不能再這樣下去，卻也不想強迫初白，所以沒有特別再提起這件事，想讓初白好好休養。

至今已經將近兩週，結城原以為這次她應該能成功出門，但或許還是太早了點。他於是將這件事向大谷簡單地說明清楚。

大谷聽完之後瞪大了雙眼，隨後又露出無言以對的愧疚神情。

「……對不起，初白。」

「……別這麼說，我才害妳擔心了。」

結城再次深有體會。最近初白經常露出笑容，害他不小心忘了這件事，不過初白這個女孩恐怕背負著相當艱辛的過往。對一般人來說，出門只是件微不足道的小事，然而過去受到的巨大創傷，讓她連這種小事都無法如願。

儘管如此，她依然是自己最喜歡的可愛女友，這一點不曾改變。

「總之今天就繼續待在家裡慢慢聊天吧。家裡還有遊戲，雖然最多只能兩個人玩。」

結城這麼說，大谷也表示同意。

「是啊，衣服可以下次再買。」

有好一段時間，初白都默默地低著頭。

或許是覺得錯出在自己身上，覺得無比愧疚吧。

可是……

初白抬起頭後，卻說出了意想不到的一句話。

「……不，我要去。」

聽到她這句彷彿用盡全力才說出口的話，結城大吃一驚。

雖然十分憂心，初白的表情卻相當認真。

「初白……」

「……我不能老是依賴結城的幫忙。而且……」

留下這句前言後，初白露出一抹淡淡的微笑。

「……如果結城能開心，我也想讓你看看自己打扮時髦的樣子。」

現在這個笑容，感覺就像在痛苦中刻意裝出開朗的模樣，但她的眼眸中混雜了膽怯與堅毅。

重複深呼吸大約五次後，初白有些搖搖晃晃地站了起來。

「結城……你能……握住我的手嗎？」

「嗯，不管發生什麼事，我都不會放開妳。」

「……謝謝你。明明老是說不能一直依賴你，卻還是沒辦法。」

「被妳依賴，我也很開心啊。妳可以再任性一點喔。」

結城這麼說完，初白便將額頭抵上結城的肩膀。

「……我最喜歡你了，結城。」

聽到這句話，結城嚇了一跳。

啊，這麼說來，他還是第一次聽到這句話。女朋友初白親口說出喜歡自己了。

結城的身體急速發燙。

他太高興了，完全說不出話。

初白從結城的肩膀退開後，又做了一次深呼吸。

然後——

她以蹣跚的步伐往前踏出一步。

兩人的手依然緊緊牽著，她又踏了一步。

他們自然而然就變成十指緊扣。不是平常那種掌心相貼的程度而已，而是情侶那種親密的握法。這樣能更進一步感受到對方的存在。

她又踏出一步。

玄關與屋外的分界線已經近在眼前。

初白加重了手的力道。傳遞而來的這份感受，究竟是不安還是恐懼呢？

所以結城也用力回握。別擔心，我會陪在妳身邊。

初白又做了一次深呼吸。

接著邁出最後一步。

「……呼。」

大概睽違了兩週吧，相隔許久才走出戶外的初白輕輕嘆了口氣。

隨後，她看向緊緊牽著自己的結城。

「……真的很謝謝你。」

「啊，妳很努力了。」

「初白！」

大谷打斷結城的話，走到初白身邊不停撫摸她的頭。

「妳做得很好，太優秀了！」

「等、等一下，大谷。」

被這麼亂摸一通的初白雖然有些困惑，臉上卻浮現出開朗的笑容。

這麼說來，
你們是怎麼聊起來的？
沒什麼特別的啦。
一年級的時候，這傢伙
剛好撿到我掉在地上的書，
我們就聊起來了。
我當時可是大受衝擊耶。
為什麼啊？
小聲…
深陷於
愛的囚籠…
因為妳掉在地上的是
重口味SM的BL本啊!!

接著，結城三人來到了有段距離的商場。雖然是平日，卻依舊擠得水洩不通。結城一度擔心初白會不會害怕這股人潮，但目前看來是沒什麼問題。

這座商場以美食街為中心，還設有電影院、書店、藥妝店、樂器行、運動用品店等各式店家，時裝部分也有二十多種品牌和選物店。

在其中一間女裝品牌店內，大谷向初白這麼問。

「初白，妳喜歡什麼風格的衣服？」

「這個嘛……」

聞言，初白東張西望地環視四周。她以前可能沒來過這種地方吧，根本無法選出喜歡的款式。

不習慣來這種地方的結城也一樣。

（真是個不可思議的空間。）

待在被成堆衣物包圍的店內，讓他靜不下來。

老實說，結城對時尚可說是一點興趣也沒有。

不僅如此，他也實在不懂把時間花在這裡有何意義。畢竟自國中以來，他就是只靠制服和學校指定的運動服替換的猛將。結城評判服裝的標準，就只有「便宜」、「方便活動」跟「好整理」而已。

不過……

如果問他想不想看可愛女友初白換上其他衣服的樣子……

（當然想看啊！）

所以他現在其實滿起勁的。

「初白，這種時候就交給直覺吧。」

大谷對疑惑的初白這麼說。

「是、是嗎？那……」

初白有些羞澀地指著一具假人模特兒。

「好，就直接把這套買下來吧！」

說完，結城便想立刻衝去結帳。

「哎唷，等一下啦。」

「咕呃！」

結城被大谷扯住衣領後方，停了下來。

「幹嘛啦，大谷。雖然我的眼光不夠專業，但這套感覺很適合初白啊？」

初白所選的衣服是以黑色為基調，設計偏保守的款式。因此結城認為這套衣服本身非常適合肌膚白皙、長髮烏黑、渾身散發清純氣息的初白。

「感覺是不錯啦。」

「那還有什麼問題？」

結城歪頭感到不解。

「我也覺得這套很適合她，不過跟她現在穿的制服沒兩樣啊。」

「啊～經妳這麼一說，確實很像。」

初白平常穿的貴族女校制服，也是穩重保守的設計。

「可是這也無所謂吧？」

「難得都要買了，就想讓她穿出不同於以往的感覺嘛。你可能不太能理解，但這也是一種樂趣。」

原、原來如此，好深奧啊。結城不禁佩服起來。

「結城，不然你來選吧？初白會嘗試時髦打扮，也是想讓你看看嘛。」

「嗯？我來選嗎？」

「如果是結城選的款式，初白也不會有意見吧？」

被大谷這麼一問，初白點點頭。

「是、是嗎？那好吧。」

於是他試著在店裡環視一周。

（糟糕，我根本不懂時尚啊。）

原本幹勁十足、熱血沸騰地心想「來幫初白選件適合的衣服吧！」然而結城對於知識及美感的缺乏可說是致命性的程度，所以看了成列在眼前的衣服，他心中也沒有任何概念。

結城向大谷問道：

「……喂，要用什麼基準來選比較好啊？」

「我剛剛不是說了嗎？靠直覺啊，直覺。」

「就算妳這麼說……」

「你是男人嘛，就看讓初白穿上什麼衣服，會讓你胯下的小分身起反應就行了。」

「喂，妳這個現役女高中生在胡說八道什麼。」

「我覺得這種挑選方式既有效率又有效果啊？『相信胯下的自己吧』。」

簡直低級到破表了。

「雖然教你用這個基準去選，但正常來說你應該會被揍飛吧。」

「我想也是。」

順帶一提，先不管胯下如何，單純憑直覺去選的話，結城平常常見的事物也跟初白差不多，所以也會做出同樣的選擇。他們在這方面的品味可能滿相近的。

「毫無進展啊……吶，初白，機會難得，可以讓我來選嗎？」

「咦？啊，當然，只要不會給妳添麻煩……」

「哪裡麻煩啊？幫初白這種正妹選衣服其實很有趣耶。」

「那、那就……拜託妳了……」

「好耶～我等不及了！」

◇

「呼～」

結城坐在商場角落的長椅上，讀著帶在身上的數學參考書。因為大谷跟他說：「要給你一個驚喜，所以在我們買好之前，你就去附近晃晃。」

「不過，原來女生買東西真的要這麼久啊。我連積分的單元都看完了耶。」

他才正這麼想——

「讓你久等啦，結城。」

結城抬起頭，視線從參考書往上移後，就看到大谷雙手扠腰站在他面前，表情寫滿了「滿足」兩個字。

「我完成了一項曠世巨作耶。果然幫優秀的素材挑選才有價值。」

「喔，這樣啊，真令人期待……對了，那位初白在哪裡？」

結城正疑惑時，就發現她躲在大谷身後。

「……那個，大谷，我還是覺得很不好意思。」

「妳在說什麼啦，我們來買衣服的目的不就是為了展現給結城看嗎？這傢伙也已經迫不及待想早點看看了。」

「……真的嗎？」

初白從大谷背後探出頭來這麼問道。

「算、算是吧。不過如果妳真的很害羞，倒不必勉強自己。回到家冷靜一點之後也不遲……」

「你嘴上說不要，現在卻拚命把身體往前傾耶……」

大谷傻眼地對結城這麼說。任誰看了都覺得結城的好奇心可以殺死一隻貓了。

「……呃，好吧。那就……」

於是初白怯生生地從大谷身後走了出來。

看到她的瞬間——

「……………………………………………………」

結城張大嘴巴僵在原地。

「……那個，感覺……怎麼樣？會不會很奇怪？」

「有夠可愛！」

結城忍不住大吼一聲。

「……真、真的嗎？」

「真的，超級可愛。原來如此，還能展現出這麼不一樣的可愛啊。」

看到結城的反應，大谷勾起得意的笑容，心滿意足地解說她的治裝理念。

「平時那身黑色制服讓她充滿穩重的氛圍，所以我想替她加點活潑的感覺。因此試著讓她穿上淺米色的長板針織罩衫，頭上則用報童帽增加亮點。」

「原來如此，這樣好可愛。」

「既然是初白要穿，我覺得裙子應該很適合她。但這次我決定大膽嘗試灰白色褲裝，也能增添幾分幹練形象。」

「原來如此，非常可愛呢。」

「不過我想，畢竟初白原本的氣質就是溫柔賢淑，所以足部就用清純可愛的穆勒鞋添色，上衣也搭配圓領款式。」

「原來如此，真的太可愛了。」

「……根本沒在聽耶。」

大谷無奈地嘆了口氣。

老實說，結城對服裝常識一竅不通，大谷說的話根本就是異世界的咒語，他完全聽不懂。

不過光是看到眼前的初白展現出前所未有的可愛氣息，便讓他充分感受到原來還能如此驚為天人。原本不用多做什麼就已經是個美少女了，精心打造後根本直達犯規等級。回過神來才發現，路上行人不論男女，都會忍不住多看初白幾眼。

「……幸好我活到現在。」

「啊～好好好。對選衣服的人來說，聽到這種『好可愛』的瘋狂洗禮，感覺也不賴啦。但你再不適可而止的話，女朋友會昏過去喔。」

仔細一看，初白的臉已經紅到極點，好像被煮熟了一樣。

「啊，抱歉。被我這麼大聲地狂喊『好可愛』，應該很丟臉吧。」

「……不，那個，謝謝你。」

滿臉通紅的初白抬起頭看向結城。她似乎化了點淡妝，嘴唇帶著微微的光澤感。啊～這下不妙，有點想把她緊緊抱在懷裡了。

結城正在和自己的衝動奮戰時，大谷抓住了他的肩膀。

「好，再來換你了。」

「咦？為什麼？」

「在我的巧手之下，初白的美麗又往上升了幾階，你卻穿著又土又俗的制服站在她身邊，根本有罪，所以我要強行把你帶去改造。好了，趕快去男裝區吧。」

「真的假的～」

◇

讓初白在同一層樓的咖啡廳稍候後，結城和大谷踏進了男裝店。

「總之你就……這件、這件，還有這些。」

「妳幫我挑選的時候倒是滿快的嘛。」

「跟初白比起來，你這素材就……嗯。」

「喂。」

大谷這話雖然非常失禮，然而結城回想起初白方才的模樣，也覺得自己跟初白根本沒得比。

「開玩笑的啦，別當真。其實你夠高挑，體型也算精實，搞不好是穿衣顯瘦、脫衣有肉的那種類型。」

「畢竟國中是運動社團，打工也都是肉體勞動的工作。」

由於讀書會消耗腦力，他在打工時都會讓頭腦好好休息。

動動身體就能睡得比較沉，其實也挺好的。

「至於臉嘛……要是整體比例再好一點點，應該會很受歡迎吧？」

「幾乎完全否定了我的長相嘛。」

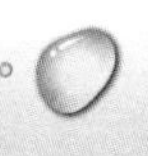

「不盡然啦，總會有人喜歡你這種長相……應該有吧。」

「應該……算了，我還有初白啊！」

「知道了知道了，你們很恩愛。好，快去試穿吧。」

說完，大谷就將一套衣服塞給結城。

接過衣服後，結城便走進更衣室。迎面而來的是一面可以從頭頂照到腳底的全身鏡，對結城而言有些陌生。

（買完高中制服之後，就沒看過這麼大的鏡子了……）

結城這麼想，並穿上大谷幫他挑選的衣服。

「嗯～這件牛仔褲果然有點緊。」

「現在都說丹寧褲好嗎？」

「算了，有人說過『忍耐為時尚之本』嘛。只要初白喜歡，我就能忍。」

「穿著緊身丹寧褲還這樣大放厥詞，全世界的女人都會衝過來揍你喔……」

大谷無奈的嗓音，從更衣室拉簾另一頭傳了過來。

至此，兩人的對話暫時中斷。但過沒多久，大谷又稍稍壓低聲線說道：

「關於初白……」

看來她似乎要談正經事。結城仍在試裝，卻也嚴肅地豎起耳朵。

「我會試著調查看看。」

試著調查看看——指的是初白的過往吧？大谷曾經說過，她在初白就讀的貴族女校中有認識的人。

「喂，妳……」

「今天一整天聊下來，儘管很不情願，但依舊能感覺到初白藏著非常沉重的祕密。雖然不知道她為什麼會在你家借宿……你是看到她被雨淋濕又傷心欲絕的模樣，才會跟她搭話嗎？」

「……嗯，算是吧。」

當時的她確實是被雨淋濕又傷心欲絕。不過大谷應該無法想像，初白原本還想從廢棄大樓一躍而下吧。

「我不認為能從初白口中問出這些事，也明白你想慢慢等待她主動傾訴的心情，所以這部分就交給你吧。我是因為自己有些在意，才擅自打算對初白展開調查。如果你不想事先知道調查的結果，我就不會告訴你。總而言之……」

大谷停頓了幾秒，才用開朗的嗓音說道：

「因為我很喜歡她，忍不住就想多管閒事了。」

很像大谷會說的話。結城聽了，嘴角也忍不住上揚。

「妳是個好女人呢。」

「那還用說。你不知道嗎？我可是這個世界上屈指可數的好女人。」

「居然好意思自己說。」

「……所以你穿好了沒？」

「好了。」

在聊天過程中換好衣服的結城，拉開更衣室的簾子。

「怎麼樣，大谷？」

其實結城也不知道好不好看，才詢問大谷的意見。但他自己覺得姑且沒差到哪裡去吧。

「……嗯，就是經典保守，黑色基調的風格&輕便款。比想像中好看很多，真令人驚訝。」

大谷說完，隨即拿起自己的包包。

「嗯？妳要去哪？」

「回家啊，門禁時間快到了。」

他第一次聽說大谷家還有門禁。不過對高中生女兒設定門禁時間，應該也很正常吧……

「妳之前不是在家庭餐廳畫漫畫到半夜嗎？」

當時結城也在準備考試前的衝刺，跟她在同一家餐廳讀書。

「是啊，怎麼會這樣呢？別說這些了，穿著這套衣服去讓初白看看吧。待會兒還有一點時間，你們應該可以在附近隨便逛逛再回家。」

留下這句話後，大谷就揮揮手走出店外。

「……難道她是在為我跟初白著想？」

真是這樣的話，那實在太偉大了，不愧是這個世界上屈指可數的好女人。

「謝啦……那我就恭敬不如從命，和初白單獨在附近繞繞吧。」

平常結城絕對不可能漫無目的地到處亂晃，但和初白在一起，應該會很開心吧。

「……這樣，不就是約會嗎？」

於是結城即將和女朋友展開意想不到的初次約會。

◇

「……約會啊。」

沒錯，約會。全世界的男女朋友都會做的那件事。

然而問題來了。

（約會要做什麼？）

結城對這方面沒什麼概念。基本上，他知道只要一起在這座商場裡四處晃晃就行，但這樣就夠了嗎？說起一般人的約會，感覺還會有更多采多姿的行程。

（算了，不知道的事情想再多也沒用。總之先決定一件該做的事吧。我想想……）

結城捫心自問後，腦海中便浮現出一幅畫面。

啊，好想跟她牽手散步啊。

就是自己和初白十指緊扣，隨意漫步的模樣。

嗯，真不錯，心裡應該會暖暖的，也很有約會的感覺。

結城想著想著，走回了初白等待的那間咖啡店。

在人聲鼎沸的店內大致環視一周後，他立刻發現了初白的身影。

「讓、讓妳久等了，初白。」

要讓女朋友第一次看到這身不同於以往的打扮，害結城有點緊張，不小心破音了。

「啊，結城，怎麼了……嗎……」

初白抬頭看向結城，不過回答到一半就漸漸沒了聲音。

「……喂、喂，怎麼回事？」

她的表情有些恍惚。是不是太久沒出門而過度疲勞，身體也撐不住了？

結城這麼想，並往初白臉上偷偷瞥了一眼，她卻將臉別向一旁。

啊，該不會……

「這套衣服……這麼不適合我啊？」

本來以為感覺還不錯呢……真是遺憾。

「啊，不……不是這樣。反而是……」

初白重新轉頭看向結城，臉頰還染上淡淡的紅暈。

「……因為太帥氣了，我會忍不住把眼神別開。」

「……是、是嗎？」

結城的臉也跟著紅了起來。

現在的初白散發著跟以往截然不同的可愛感。被她如此盛讚，讓結城覺得更害羞了。

「啊，對了……大谷家有門禁時間，所以她先回家了。」

「這、這樣啊……下次得好好謝謝她才行……」

「是啊……」

「嗯……」

可惡。

對話一直無法延續下去。

兩人都紅著一張臉，又沉默了一段時間。

「我、我去一下洗手間。」

結果結城實在捱不住這股尷尬，暫時撤退了。

◇

「可惡啊啊啊啊啊啊啊啊啊，我在這方面怎麼那麼遜啊！」

結城在男廁的洗手台前抱著頭說。

剛才的氣氛感覺可以更進一步啊！

只要伸出右手，再說一句：「……我們走吧，初白。」不就可以牽手散步了嗎！

結城對自己的沒用懊悔萬分，往放在洗手檯旁邊的烘手機一頓亂打。

「可惡，這該死的ＰＡＮＡＳ○ＮＩＣ製品！風力要強不強的，根本搞不清楚烘乾了沒啦！」

根本就是遷怒，烘手機是無罪的。

順帶一提，這間廁所設置的烘手機型號比較舊，最新型號可以在短時間內就烘得十分乾爽。技術的進展真是偉大啊，偉哉ＰＡＮＡＳ○ＮＩＣ。

「……呼。等一下，現在還不能慌。」

結城做了個深呼吸，平復心情。

「好。」

這可是難得的第一次約會，好好表現，讓初白也留下愉快的回憶吧。

◇

結城雖然鼓足了幹勁……

「喂，沒關係啦，妳現在有空吧？」

「這附近有間很時髦的餐廳喔。妳還沒吃晚餐吧？我們請客喔。」

從廁所回來後，就看到兩個看似大學生、頭髮漂染過的人正在跟初白搭話。

初白低著頭，全身動彈不得。

結城心想：完蛋了。

即使拿掉男友的偏心濾鏡，現在的初白依然是個亭亭玉立的美少女，況且身上也不是平常制服那種沉靜穩重的感覺，而是色調明亮的穿搭時尚感，所以更加醒目。只要一落單，就算被一兩個男人盯上也不足為奇。

「喂，怎麼從剛才開始就不講話？妳不舒服嗎？」

不，怎麼看都是嚇壞了啊。這一點好歹要看出來吧。

「喔，久等了，初白。」

結城連忙走近開口說道：

「你誰啊？」

二人組的其中一人瞪了結城一眼。

「別來搗亂。來，我們走吧，車就停在外面。」

另一人說完便對初白伸出手，卻被結城一把抓住。

「幹嘛……痛痛痛痛！」

啊，抓得太用力了嗎？

經過打工搬運貨物的訓練，結城的握力可說是相當強勁。

「抱歉抱歉。」

「搞什麼啊你！」

結城心想：不妙。

不小心刺激到他了。

畢竟結城是優待生，要是惹出事端就糟糕了。假設他完全沒出手，被對方單方面痛揍，可能也會遭到懷疑，相當棘手。

就在此時。

「咦？這不是結城嗎？」

結城等人身後傳來一道嗓音。

原來是形象優良的棒球隊王牌，段考成績時常保持在學年前十名的完美超人，卻對大谷情有獨鍾，稍嫌美中不足的帥哥——藤井亮太。

今天他穿的不是球衣也不是制服，而是便服裝扮。結城雖然對自己的眼光沒什麼自信，卻也覺得藤井的便服品味滿好的。儘管他對服裝種類一竅不通，但藤井的整體感覺簡單又舒適，給人爽朗的印象。

「嗯～」

「幹、幹嘛，你是他的同伴嗎？」

看到眼前藤井一百九十公分的高大身材，兩個大學生有點膽怯，卻還是出言威嚇。

藤井看了結城他們一眼後，略微沉吟說。

「兩位小哥，勸你們收手吧。等我一下。」

說完，他就走向坐在附近的三名女高中生並說道：

「幾位同學，我跟那兩個大學生哥哥，正在找女孩子陪我們吃飯。有興趣的話要不要來？」

他的搭訕方法非常直接，不會死纏爛打，然而被這位演員明星看了都想腳底抹油開溜的帥哥搭話，幾位女高中生雖然有些慌張，卻還是跟他聊了一會兒。藤井繼續乘勝追擊後，她們就答應了。

「與其找有男朋友的女孩子，不覺得跟她們玩比較好嗎？雖然我也參了一腳啦。」

說完，藤井勾起嘴角笑了笑。

兩個大學生互看一眼，便高高興興地笑逐顏開。

「幹得好啊，高中生！」

「好，今天全都由我們買單！啊，對了，你是她的男朋友吧？不好意思啊，拿這些錢去吃點好吃的吧。」

大學生這麼說，隨即從錢包掏出一張五千圓大鈔放在桌上。

看來這兩個男生只是有點衝動，個性卻十分大方。

接著，兩名大學生就得意洋洋地衝向女高中生那一桌了。

結城立刻向初白問道：

「沒事吧，初白？」

「……啊，我沒事，只是有點緊張而已。那個，非常謝謝你。」

語畢，初白便低頭對藤井道謝。

「啊，我也要謝謝你，藤井。」

「不不不，小事一樁啦。畢竟結城是我的恩人嘛。」

藤井揮揮手這麼說道。

藤井雖然說了「恩人」二字，結城卻不記得自己做過什麼值得他感恩的事。

一年級的時候，藤井同樣對他這麼說過，讓他一頭霧水。而且他問過藤井原因，藤井也不肯告訴他。

「不過，藤井，你還真有一套啊。」

「沒什麼啦。那三個女生感覺已經玩過一輪了，覺得無聊而在等人上前搭話……這不是重點。」

藤井看向初白。

「妳就是結城的女朋友？」

「是、是的。」

初白點點頭。藤井則目不轉睛地盯著她看。

「哦~的確很驚豔。因為結城一直說好可愛好可愛，我還想說是到底何等極品。但確實比傳聞中還要優質呢。」

藤井的反應跟大谷一模一樣。

「對吧對吧？初白超可愛。」

「吶，別管結城了，要不要換換口味跟我在一起？」

藤井帶著輕佻的笑容這麼說。

「喂，臭小子。」

「……那個。」

初白有些困擾地說：

「你的心意讓我很高興，不過結城是個非常完美的男朋友，感覺我都配不上他了……」

「是、是嗎……」

聽到這麼直白的稱讚，結城整張臉都紅了。

「你、你幹嘛臉紅啦……」

初白似乎也害羞起來，變得面紅耳赤。

看了他們的反應，藤井噗哧一笑。

「哈哈哈哈，開玩笑的啦。我都已經有翔子了。」

說完，藤井就拍拍結城的肩膀。

「她叫初白嗎？這個女朋友不錯喔。」

「算、算是吧。」

「那我去那邊玩一會兒。你們也要玩得開心喔～」

留下這句話後，藤井便往剛才那群大學生和女高中生走去。

◇

「……他好厲害喔。是叫藤井嗎？」

搭訕的大學生和藤井離開後，初白低聲說道。

「是啊，沒錯。那小子真的很強。」

「而且似乎跟結城感情很好。」

「對啊，我們常常打屁聊天。」

話雖如此，結城在學校時，幾乎連休息時間都用來讀書，聊天對象也只有大谷和藤井而已。

「感覺有點羨慕……」

「羨慕？」

「……是呀。因為我也想看看結城在學校裡的樣子。」

「真、真的嗎……」

嗯～現在的初白經過精心打扮，所以她說出的每一句話，都讓結城害羞得不得了。

「……好啦，差不多該走了。機會難得，我們就在這附近四處轉轉吧。」

「好、好啊。可是，那個……」

初白有些忸怩地開口問道：

「這、這算是……約會嗎？」

她的神情有些不安。

看到跟自己同樣緊張的初白，結城稍稍放鬆緊繃的肩膀。

「對啊，是約會。我們走吧，初白。」

為了不讓初白感到慌張，結城語氣堅定地這麼說。

沒錯，我得好好引領她才行。

「好、好的。」

初白彷彿被結城這句話拉起似的，從座位上起身。

就在此時，她卻雙膝一軟，「喀咚」一聲再度跌回椅子上。

「初白！妳怎麼……」

這時結城才發現，初白全身都在發抖。

「對不起……結城……」

「……初白。」

啊，原來如此。

這也難怪。

「……剛剛被那兩個人湊上前搭訕，妳很害怕吧？」

「……對。真的很抱歉。」

仔細想想，這也是正常反應。

對今天的初白來說，光是走出戶外穿梭在人群之中，就已經是相當大的負擔了。

「……沒關係，我馬上站起來。」

「呃，不用那麼勉強啊。」

「不行……」

初白搖搖頭，用有些強硬的語氣說：

「……因為我也想……跟結城去約會。」

說完，初白露出一抹笑容。

她的笑容略顯僵硬，完全能感受到她的恐懼，拚命壓抑心中的痛苦，也不想讓結城擔心。

結城不由得心想：啊，真是勇敢。

他同樣很想跟這麼惹人憐愛的女朋友約會，心中滿是期待。

所以……

「……嗯。初白，今天先回去吧。」

一聽到這句話，初白頓時瞪大雙眼。

「不、那……那怎麼行？我沒事，我馬上站起來。」

說完，初白便將手撐在桌上試圖起身。

然而她的手腳都顫抖不已，根本無法好好使力。

結城用盡可能溫柔的口吻對她說：

「……沒關係。一開始想跟妳牽手的時候，我不是就說過了嗎？如果初白不開心，那就沒有意義了。」

「不，我、我也想跟結城約會啊……」

「但要是得逼妳強忍痛苦，那也毫無意義啊。以妳現在的狀況，實在不能再硬逼妳去其他地方了。所以今天就先回家好好休息吧？」

「……結城……」

初白不禁低下頭去。畢竟她是這樣的人，一定打從心底感到自責，覺得自己給結城添麻煩了吧。

所以……

結城用開朗的聲音說道：

「不然我們手牽手走回家吧？」

「……咦？」

「當然不能用一般的牽手方式喔，要像情侶那樣，緊緊地……握著彼此的手走回家。而且比起約會，我更想這麼做。」

聽結城這麼說，初白愣在原地。於是結城伸出自己的右手。

初白默默地盯著那隻手，隨後又看向結城的臉龐。

結城也不發一語，只是帶著一抹淡淡的微笑望著初白的眼眸。他的眼神天生就不太友善，還被大谷說過很像小混混，但願自己有成功露出溫柔的笑容。結城就這樣和初白彼此對視，右手依然伸向她。

「……所以初白，要不要跟我……一起手牽手走回家呢……？」

結城再度提出請求。

初白微微垂下眼簾。

「……嗚唔。」

她的眼中泛起淚霧。

隨後，初白將左手覆在結城伸出的右手上。

「……結城，你到底……要對我溫柔到什麼地步才肯罷休？」
結城將手指扣住初白顫抖的手，緊緊握住後說道：
「我只是在做自己想做的事。」
「……不過我還是很開心。」
初白手上的顫抖緩和了些。
「能站起來嗎？」
「……可以。」
說完，初白便慢慢地從座位上起身。
雖然在結城的攙扶下，初白的身子還是不太穩，卻已經能用自己的雙腳站起來了。
「那……我們回家吧。」
「……好。」
隨後，兩人邁開步伐。
走出商場後，他們繼續牽著手踏上歸途。
兩人走了一會兒，不知不覺間，初白的手已經不再發抖了。
表情也和緩許多，變回平日在家裡常見的那個模樣。
「……結城。」
「嗯？怎麼了？」

結城如此回答後，初白便緊緊回握牽著的手。

「唔喔！」

由於事發突然，結城有些驚訝地尖叫出聲。

「……呵呵。」

見狀，初白輕笑起來，讓結城有種輸了的感覺。

「可惡。」

所以他也用力回握。

「……！」

初白也驚訝地喊出聲來，結城看了便勾起嘴角一笑。

「哼～」

這讓初白氣得鼓起雙頰。

「看我的。」

「唔喔！」

她又握了回去。

「換我！」

「……！」

因此結城也握了回去。

在那之後，結城和初白就這麼用力地握來握去，直到返回家門為止……對結城來說，這或許是最累的一趟返家路程，心情卻無比愉悅。

第五話　稍微聊聊過去

一如往常的午休時間。

「搞什麼啊，衣服都買了，你跟初白那天以後卻都沒穿過？」

「哎呀，穿上那身衣服，我跟初白還是會不太自在，所以才決定在特別的日子一起出門時再穿。」

「我又不是要挑那種隆重的衣服……算了，很像你們會做的事。」

結城正在看參考書，大谷則在看《足球〇將翼》。結城當然也知道這是一部不朽的名作，但問大谷為什麼現在還在看時，她的回答似乎是「這種ＢＬ擦邊球的感覺讓人熱血沸騰」……還是不要理她好了。

這時——

「翔子寶貝～！」

藤井氣勢洶洶地打開教室門衝了進來。今天的他依然是個外貌爽朗的大帥哥。

前幾天把搭訕初白的那些大學生趕跑時，他就像個穩重的現充，此刻卻用魯〇三世看了也甘拜下風的氣勢奔向大谷，原先那種成熟態度彷彿消散在虛空的彼方。

根本就是變態。

「今天也超美的！蜜月旅行妳想去夏威夷還是歐——」

「喝！」

「嘎啵！」

大谷一腳將室內鞋鞋底踢到全校最帥的帥哥臉上。

結城擔憂地這麼問。

「……喂，我好像聽到『喀嘰』這種悶聲耶，你還好嗎？」

「……啊，沒事沒事。應該說，這種感覺好像比想像中還要快樂。」

藤井這麼說，並用完美留下室內鞋鞋印的臉，有些恍惚地站了起來。真是變態。

「所以翔子寶貝，要不要再踢一次？」

「不要，我碰都不想碰你，死變態。」

大谷看著他的眼神，就像在看緊黏在馬桶上的別人的大〇，並開口說道：

「啊……就算被罵得狗血淋頭，心中也會湧現一股滾燙的熱意……」

這裡有變態。

大谷深深嘆了一口氣，彷彿敗給他似的，隨後便將視線轉回漫畫。

結城對藤井說：

「你也真厲害耶，千里迢迢跑來我們班就為了調戲大谷，明明跟你們班又不同樓層。」

「不，這次我是來帶話給你的。」

「帶話給我？」

「對啊。我猜班導可能會再跟你說一次，但校長要你放學後去校長室一趟。」

◇

時間來到放學後。

「可是校長怎麼會直接叫我過去呢？」

來到校長室大門前的結城如此心想。

結城與校長的交流次數比一般學生頻繁得多，不過頂多也是因為他是SA優待生，每學期會和校長面談一次，聽校長勉勵他要繼續保持好好加油而已。

然而結城從來沒惹過什麼問題，過去也不曾因為其他原因被叫來校長室。上次和上上次的成績都保持在學年第一，應該也不是這方面的理由。

思考的同時，結城打開門走進校長室。

「嗨，結城同學，最近好嗎？」

打開門就能看到一張偌大的木製辦公桌，坐在桌前的校長以溫柔的嗓音這麼說道。

校長是個超過五十五歲的男子，將灰白髮往後梳成油頭造型，一襲黑色西裝。光從服裝和髮型來看似乎充滿了威嚴，但下垂的眉尾配上沉穩五官，以及緩慢柔和的說話方式，讓他像個普通的和藹爺爺。

所以校長在全校集會致詞時，總是會有學生不斷被拉進夢鄉。

「不好意思啊，放學後是你的自習時間，卻被我占用了。」

「別這麼說，只有一下子的話應該還好。請問您找我有什麼事嗎？」

「啊，這個嘛，細節部分要請這位跟你說明。」

說完，校長便將視線移向會客用的沙發區。

只見有兩個穿著棒球隊服的人坐在那裡。

其中一人是藤井。和結城對上視線後，他微微張嘴說了聲「嗨」並舉起手來。

另一位男子則有些陌生，感覺比校長年輕，應該超過三十五歲。

「嗨，幸會，結城祐介同學。我是清水浩司，今年開始擔任棒球隊教練。」

清水說完便從沙發起身。雖然沒有藤井那麼高，但他的身形也很高挑，五官精悍且充滿活力，跟校長截然不同。

結城握住對方伸出的右手。

「幸會。」

「……嗯，明明已經超過三年沒打球了，手的狀態還是很棒呢。你果然就是我們棒球隊的王牌啊，結城同學！」

清水中氣十足地說了這句話，有種啦啦隊員或劇團演員用丹田發聲的感覺。

「……什麼？」

「哎呀，放一百二十個心吧。我高中時也因為受傷，將近一年不能投球，不過只要好好訓練，這點空窗期不用半年就可以填補回來。我當然也會助你一臂之力啦！」

他的嗓音本身穿透力十足，能聽得一清二楚，說的話卻讓結城摸不著頭緒。

結城用視線向藤井詢問：「現在是怎樣？」

藤井則搖搖頭回應「就是這樣」，表情看起來有些吃驚。

對了，感覺這個人……好像在哪裡看過……

「那個，我是不是在哪裡見過您？」

聽結城這麼問，清水稍稍皺起眉後，露出苦笑說道：

「哈哈哈，我還以為你至少會知道我的名字呢。」

藤井對有些失望的清水說：

「教練，我不是說過了嗎？結城這小子現在已經完全脫離棒球界了啦。結城，清水教練是前職棒選手喔。」

「……啊，是清水選手嗎！」

結城終於想起來了。

清水浩司這名職棒選手，高中畢業第一年就在一軍隊伍中以投手身分大放異彩，還曾獲得「最強奪三振球員」的頭銜。雖然九年前因為受傷，年紀輕輕就引退球壇，但當年的棒球少年或多或少都聽說過他的大名。

結城非常驚訝，沒想到他居然會來擔任本校的棒球隊教練。

然而這先暫且不談。

「那清水選手找我有什麼事呢？」

「就是要你來當本隊的王牌——」

清水原本又要再度喊出氣勢十足的話，卻被校長沉穩的嗓音中途打斷。

「好啦好啦，先緩一緩吧，清水。你還是老樣子，一激動就沒辦法對話了呢。」

「咦？啊，不好意思，學長。明日之星就在眼前，我一時沒忍住……抱歉啊，結城同學。」

說完，清水頻頻低頭致歉。

從他們的互動方式來看，似乎在大學或高中時期也是棒球隊的學長學弟吧。

「換句話說，清水想邀你加入棒球隊。我知道你國中時期的表現很耀眼，本校也打算從今年開始好好培訓棒球隊，雇用他來當教練便是計畫中的一環。若有結城同學這種成員加入且大放異彩，對本校來說是求之不得的好事……話雖如此，我也明白優待生同時還得保持成績的難處，只是清水說什麼都希望你能加入，所以才姑且讓他先跟你談談。」

……哎，原來如此啊。

「真的很抱歉，請恕我婉拒這件事。我先告辭了。」

結城轉身打開剛才進來的那扇門。

「啊、等等，結城同學！」

「教練，就跟你說過行不通了嘛～」

結城聽著清水和藤井的對話，走出了校長室。

◇

離開校長室後，結城在自習室中專心複習了好一陣子。

看到夕陽開始往西偏移，他才收拾書包走出自習室。

結果藤井也碰巧要走出校門口。

「嗨，你正要回去嗎？」

「是啊。你怎麼現在就要回家啊？真難得。」

「教練好像有點事要忙，所以最近我常常提早放學。一起走一段路吧。」

「好，走吧。」

說完，結城和藤井便一同邁開步伐。

「但我們很久沒像這樣一起回家了耶。」

結城低語道。

遇見初白之前，倘若當天不用打工，結城便會像今天這樣在自習室複習到很晚，所以經常碰上棒球隊練習結束的時間。而且結城和藤井的返家方向到中途為止都是一樣的，兩人自然會結伴而行，路上也會聊聊天。

不過初白來了以後，結城只要當天沒打工就會立刻衝回家，最近便沒什麼機會像這樣跟藤井聊聊了。

「……這就像結婚以後，便漸漸不會跟學生時代的朋友往來的感覺吧？」

「嗯？你在碎唸什麼？」

「啊～不不不，沒什麼啦。」

結城這麼說並搖搖頭。

「……再說我們又還沒結婚。呃，我怎麼會用『還沒』這兩個字啊……但總有一天當然會……」

「結城，你還是老樣子，老是莫名其妙地自言自語耶。」

藤井苦笑著說。

在那之後，兩人在路上又聊了點可有可無的瑣事。藤井卻忽然面帶歉疚地說：

「今天真的很不好意思，結城。」

「嗯？啊，別放在心上啦。清水選手被任命教練一職，為了加強隊伍實力也是卯足了全力吧。我更該謝謝你前陣子出面為初白解圍。」

「哎呀，畢竟是朋友的女朋友，一般都會幫忙啦。」

藤井這麼說，真的是一副理所當然的樣子。

他又展現出這種連個性都帥氣到極點的帥哥形象了。聽說比起遠遠欣賞，實際跟藤井聊過的女孩子更容易變成他的鐵粉，但發現他對待大谷的變態舉止後，就會把他列為觀賞用的遺憾系帥哥。這算是一套固定流程了。

到底為什麼一到大谷面前就變成那副德性啊……

「初白也說想找機會跟你道謝……啊，我先去一趟超市好了。」

結城忽然想到衛生紙和牙膏這些生活用品快用完了。自從和初白同居後，這些東西便會以倍速減少。

「那我也買個冰淇淋來吃吧。現在忽然很想吃ＳＵＰＥＲ Ｃ〇Ｐ。」

說完，結城和藤井一同走進返家途中的某間超市。

藤井對拿起購物籃的結城說道：

「雖然只跟你女朋友聊過幾句，不過她確實是個好女孩呢。」

「哦！初白確實是個超級無敵好女孩啊。」

「感覺跟你也很登對。」

「是、是嗎？沒有啦～是你過獎了～啊，我順便請你吃冰淇淋吧。別吃ＳＵＰＥＲ Ｃ〇

P那種便宜的，我請你吃哈根啦。」

結城滿臉愉悅地如此提議。

「我這麻吉的心思也太好猜了吧……」

藤井苦笑著說。

就在此時。

「嗯？結城，那個人不是初白嗎？」

在藤井所指的前方，正是拿著購物籃站在高麗菜貨架前陷入苦惱的初白。

◇

「哈囉，初——」

「啊，先等一下。」

藤井正想向初白打招呼，卻被結城制止了。

隨後，他自己走向初白與她搭話。

「……啊，結城。」

初白依舊拿著購物籃，向他低頭致意。

結城用有些微弱的嗓音問道：

「啊……吶，初白，妳沒問題嗎？」

其實結城不知道初白可以像這樣出外購物。雖然這間超市離家很近，結城依舊對她獨自外出這件事略顯驚訝。

「可以。正好冰箱食材快用完了，所以我想凡事都得試一試才行。出來一下下應該沒問題。」

在結城看來，初白確實沒有特別膽怯的感覺。

「……嗯，這樣啊。」

「是的。這樣以後就不必麻煩結城，我也可以自己出來買東西了。」

初白將沒拿著購物籃的右手緊緊握拳，露出有些驕傲的表情。

這畫面讓結城會心一笑，於是他決定摸摸初白的頭。

「謝謝妳，初白。」

「結、結城，你怎麼突然……」

「因為妳很可愛嘛，忍不住就……」

「……有、有嗎？呼啊啊～」

初白似乎很開心，兩頰染上淡淡的紅暈，任憑結城繼續撫摸。

「……這樣就能讓結城有所期待了。」

「嗯？期待？」

「是呀。畢竟以前的食材都是你買回來的嘛，這樣你就知道我會做出什麼菜色。」

「這倒是。」

雖然結城對料理一竅不通，但若是買了魚回家，好歹也會猜到今天或明天會吃到烤魚。

「如此一來你就能心懷期待，猜猜今天的晚餐要吃什麼了。」

「啊，嗯，說得也是。」

回到家後，如果晚餐是自己最喜歡的菜色，確實令人開心。

「結城，記得我第一次做飯給你吃的那一天嗎？」

初白向他提問道。

結城用力點頭，表示自己當然記得。當時嚐到的鍋燒烏龍麵的滋味，應該一輩子都忘不了。

「那時候你不是對我的料理表現出又驚又喜的樣子嗎？我到現在還記得當時那份喜悅……所以，我才希望讓你再次體驗到那份快樂。」

「……這、這樣啊。」

那件事居然讓初白開心到這種程度，結城高興得不知如何反應，於是尷尬地搔搔自己的臉。

此時有股溫熱的觸感撫上自己的頭。原來是初白踮起腳尖，摸了摸結城的頭。

「妳、妳怎麼突然……」

「因為你很可愛嘛，忍不住就……那個，你不喜歡嗎？」

「……完全不會。」

聽到結城的回答，初白面露喜色。

唔嗯～這樣有點害羞耶，臉都熱起來了。

啊，不過原來被初白摸頭的感覺這麼舒服，心情好平靜啊……

「喂，你們這對笨蛋情侶行行好吧，別在公共場合一直放閃了，讓我也加入話題好嗎？」

藤井跟之前的大谷一樣露出苦笑，對他們這麼說道。

◇

總而言之，結城他們決定三個人一起買東西。

「初白，籃子給我拿吧。」

「謝謝。」

「咦？不用買蛋嗎？」

「嗯，禮拜一會特價，到時候再買就行。」

「這樣啊。啊，妳前陣子說麵味露快用完了，要買嗎？」

「對耶，那幫我拿一瓶大罐的。」

「好喔。」

「……」

「你幹嘛啊，藤井？」

「怎麼了嗎，藤井？」

看著結城和初白將商品放進購物籃的畫面，藤井的神情變得有些複雜。

「呃，與其說是男女朋友，我覺得你們看起來更像夫妻。感覺結城對初白家的冰箱和廚房狀況瞭若指掌耶。」

「咦？啊，我經常過去吃飯嘛。」

雖然對藤井很信任，但同居一事依舊不方便透露。

「是喔～好吧，沒差。對了，待會兒有時間的話，可以順便去附近的家庭餐廳嗎？我想跟初白聊一聊。」

聽藤井這麼問，結城看了初白一眼。

初白輕輕點了點頭。

「……也好。之前那件事，我也想好好跟你道個謝。」

◇

於是結城一行人來到了附近的家庭餐廳。

三人打開菜單，開始挑選菜色。

「我吃茄汁炒義大利麵好了。你們呢？」

「嗯～我選這個烤魚定食吧。」

「第一次看到在家庭餐廳點這種菜的人……」

「是嗎？嗯～好像是耶。」

以前的結城確實會選其他菜色，然而現在的他已經吃慣初白的料理，完全變成和風口味了。

「初白，妳要吃什麼？」

「我看看……」

初白用纖細的手指，指向菜單最後一頁。

「我要這個。」

「鬆餅？這樣夠嗎？這是給小孩子點的，分量很少耶。要吃飽的話，還是點前幾頁的菜比較好吧。」

初白卻輕輕搖搖頭。

「不，這樣就夠了……」

「……是嗎？」

「那我叫店員過來嘍。」

藤井把經過附近的店員叫住之後，開始替他們點餐。

藤井帥氣的外表，似乎讓這位年輕女店員有些緊張。

點完餐，看著店員走進廚房後，結城對藤井說道：

「但你真的很厲害耶。」

「嗯？哪裡厲害？」

「受歡迎的程度啊。剛才那個店員看到你之後，整張臉都紅了耶。」

「嗯～這也沒有多厲害吧，只是在我力所能及的範圍而已。」

結城心想：這麼謙虛反倒會惹人嫌喔。在結城的認知當中，根本沒有像藤井這樣凡事都難不倒的人。

「我也覺得藤井很厲害。前陣子也是一轉眼就平息了現場危機，而且沒有引發任何糾紛。當時真的很感謝你替我解圍。」

說完，初白便低頭致謝。

藤井勾起嘴角微笑道：

「畢竟是恩人兼摯友的女朋友，我當然會幫妳啊。」

「恩人……嗎？」

初白知道結城是他的摯友，卻從來沒聽說過結城是他的恩人，因此不解地歪過了頭。

「我之前就一直很想問了，我應該沒賣過人情給你吧？而且我問了你也不肯說。」

「因為這沒什麼好講的啊。嗯～不過也是……初白，妳也想聽嗎？」

「咦？想、想啊……」

初白有些害羞地說。

「關於結城的一切，我都想知道……」

「是嗎？結城，你備受寵愛呢，真羨慕你這臭小子。好，那就告訴你們吧。」

藤井拿起杯子喝了一口水，隨後緩緩道來。

「我第一次遇見結城，是在國中二年級的春季大賽。當時我是第四號先發，不過從一年級開始就是這樣了啦。」

「從一年級就是王牌啊，你真的非常厲害呢。」

「哎呀，話是這樣沒錯……這說法雖然很討人厭，但我一直以來都不用下太多苦工，就能完成所有事。」

「真的是很欠揍的說法啊喂。」

結城以傻眼的表情這麼說。

不過這話確實沒錯。明明成績經常保持在學年前十名，卻沒看過藤井埋首苦讀的模樣。

「所以我總覺得無聊。我不是因為想變特別才成為第四號先發，因為只要按部就班持續球隊的練習，總有一天能爬上這個位置。我心中沒有任何喜悅或榮耀，總之就是……慢慢失去熱情了。」

然而在地區大賽的第一場球賽中，有個從未見過的投手出現在百無聊賴的藤井面前。

「……那個人就是結城嗎？」

「對。可是我記得一年級的時候沒見過他。」

「……因為我是國小時在課外活動練的，沒有加入國中校隊。當時的班導是棒球隊顧問，他說會幫我的成績加點分，要我先占一席，比賽時再上場幫忙就好。就只有國二那一段時期而已。」

結城看起來有些尷尬，手撐著腮幫子轉向窗外。

「幫你加分？」

「畢竟我國二之前的生活都繞著棒球轉嘛，成績從下往上數還比較快，而且一隻手就能數完。」

因為跟現在的結城實在差太多了，初白不禁驚訝地眨眨眼睛。

見狀，藤井發出輕笑。

「然後啊，我們比了一場。不過……」

＊　＊　＊

藤井至今仍清楚記得，當結城在一局上站上投手丘的那一刻，他心中就有不祥的預感。

那不是一般人的眼神。要以認真來形容的話，每個球員當然都很認真，結城的程度卻跟國中生截然不同。

結果……藤井心中不祥的預感果然成真，他們那一隊輸得一敗塗地。

先發投手結城投出的每一球，藤井他們根本打不到，最後被徹底完封。當時藤井的身高早就超過一百八，投出的球速本身雖然很快，然而無論是投球技術或精準度，結城的投球水準就是跟他不一樣。

另一方面，藤井從頭到尾都被對方用犧牲短打，或界外球死纏爛打的招數成功上壘，還被結城轟了三支三壘安打，丟了三分。

這個名叫結城的選手，從頭到尾都展現出他跟對方水準不一的才華。

沒想到比賽結束後，藤井又受到了更劇烈的衝擊。

比賽結束解散後，藤井和朋友在附近的家庭餐廳吃飯，卻在回家路上經過的空地看見了結城的身影。

結城居然在進行一對一練習，對方應該是他的父親吧。明明他都已經發揮出那麼完美的投球技巧了，卻還是被父親揪出今天該反省之處，並使出渾身解數拚命投球。而且他投出的每一球，明顯都比賽場上更猛更快。

所以對結城來說，剛才的比賽只不過是降階練習，讓他盡可能避免消耗體力與肩膀的活動度。

感覺兩人從根本上就截然不同。和結城相比，自己只是運動神經好一點的外行人而已。

藤井啞口無言地看著結城的身影。這時，結城漏接的球滾到藤井腳邊。當藤井撿起球，交給前來取球的結城時——

『結城同學，你很強耶。』

他這麼說。

沒想到結城聽了卻回答：

『你是誰啊？』

看來對眼前這個人來說，自己根本不足以入他的眼。藤井第一次嘗到這種滋味。雖然他自己也不太喜歡，但過去周遭的人成天都稱讚他是「天才」或「王子殿下」，將他捧上了天。

結城雙手環胸，「嗯～」地思考了一陣子。

『啊，你是那個毫無幹勁，投出來的球也很無聊的投手嗎？我勸你還是多練練投球吧，因為你一累，投曲球的手勢都被我看透了。謝謝你幫我撿球。』

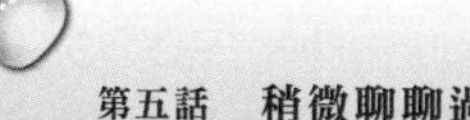

留下這些毫無惡意的話後，結城就回去自主練習了。

有好一陣子，藤井只能僵在原地，繼續觀看結城練習的模樣。

＊　＊　＊

「國中時期的結城，講起話來很不客氣呢。」

「……聽別人聊自己得意忘形的時期，心裡真是五味雜陳。」

初白的神情很是意外。

在藤井說話的期間，結城的烤魚定食也送上來了，於是結城帶著一言難盡的表情吃了起來。

「那時候的結城真的很像棒球狂魔嘛。而且他說的也是事實。」

「所以，藤井自此之後就發憤圖強，拚命練習棒球了……對吧？」

所以他才會說結城拯救了失去熱情的自己，是他的恩人啊。

藤井卻搖搖頭。

「不。雖然隔天我也像結城一樣投入嚴苛的自主練習，可是撐不到三天就放棄了。」

藤井笑嘻嘻地聳了聳肩。

「藤井，你現在也不會練習到這麼晚吧。」

「是嗎？那為什麼是你的恩人呢……？」

「因為他讓我體會到……『自己只是個小人物』。」

藤井用叉子熟練地捲起茄汁炒義大利麵，並這麼說道。

「以前身邊的人老是叫我天才，彷彿我是全世界最厲害的人，於是我也不由自主地這麼認為，自顧自地覺得『真的要幹點大事才有資格快樂』。一定得像漫畫那樣，在氣氛最高漲的巔峰舞台上，像無比耀眼的主角那樣生活才行。但我知道，真實的我只是個有點小聰明，既無毅力又微不足道的小人物。」

「我不認為你是微不足道的小人物。」

「舉例來說吧，雖然我的段考成績都能保持在學年前十……然而第一名還是結城。我根本不想像結城那樣埋首苦讀，所以才只是這點程度的平凡人。這麼一想，我就覺得好輕鬆。啊，什麼嘛，根本不必過那種充滿戲劇性的人生，只要在可以輕鬆完成的範圍內，用熟練的方式生活就行了。」

藤井往嘴裡塞了一大口茄汁炒義大利麵。

「嗯，真好吃。雖然最後沒有讓人熱血沸騰的情節，但在那之後，我的日常生活變得快樂似神仙。可以像現在這樣，好好享受在家庭餐廳品嚐美味茄汁炒義大利麵的日常生活。所以結城是我的大恩人。」

沉默了好一會兒後，結城開口道：

「現在也不遲啊，你要不要開始認真練棒球？」

「我才不要，那樣很累耶。」

藤井在茄汁炒義大利麵上撒了點起司粉，並這麼說道。

◇

在家庭餐廳和藤井道別後，結城與初白一同返家。

「呼。我就先把買回來的東西放在冰箱前面嘍。」

「好，待會兒我來整理。結城，你就好好休息吧。」

於是結城就恭敬不如從命，往起居室走去。

廚房是由初白作主，要是結城隨便插手，反而會給她添麻煩吧。

結城將書包放下後，坐在椅子上稍作休息。

因為今天不用打工，就算放學後跟藤井去了其他地方，現在時間依然很早。段考也快到了，不如就慢慢讀點書吧。

正當結城在書桌上打開參考書時——

『不要因為一點小失敗就處處逃避啊！祐介！』

腦海中忽然響起懷念無比的嗓音。

他告訴自己不能分心，低頭看向參考書準備集中精神。可是……

「……啊～」

不管怎麼努力，精神依舊渙散。結城用力搔搔自己的頭。

「……集中集中。」

他低聲說著，並開始著手解題。

◇

「……呼，時間差不多了。」

扣掉洗完澡的休息時間，複習了大約五小時後，來到了平常的就寢時間。

「辛苦你了，結城。」

初白端了杯溫熱的茶給他。

「啊，謝謝妳。」

結城一邊喝著初白泡的茶，一邊整理桌上的參考書，準備明天上學要帶的東西。

大致整理完畢後，茶也喝完以後，就是一如往常的那個時間。

結城在床邊坐下，初白則坐在他的右側。

初白靠到結城身上後，結城的右手與初白的左手便緊緊交疊。

「……」

「……」

自從兩人第二次玩完遊戲的那一晚起，這個睡前習慣就一直延續至今。

初白溫熱的體溫，讓結城因為讀書而發熱的頭腦變得平靜又舒適。

「……結城，你的手……」

初白將結城的手牽到自己的膝蓋上放了下來。

「會像這樣到處都是硬繭，就是以前打棒球留下來的吧。」

說完，初白便輕輕撫摸結城右手的中指指尖及小指根部，這幾處正是打棒球時經常長繭的地方。由於皮膚變硬，觸感也相對遲鈍，即使知道初白纖細的手指正在撫摸，也沒有任何搔癢感，有種難以言喻的感覺。

「但幾乎快變回正常的手了。我還在打棒球的時候，手可是到處破皮呢。」

初白輕輕按著硬繭的部分說：

「……呵呵，好硬喔。」

……啊，剛剛忽然有種奇怪的感覺。

畢竟正值思春期嘛。

結城搖搖頭屏除雜念。這次換他主動執起初白的手，目不轉睛地看著她。

「初白的手很美呢，不像我又粗又硬。」

「有嗎？」

「是啊。然而這雙手不只是漂亮而已，還十分勤奮努力，這一點我覺得很棒。」

初白的手到處都有乾裂的痕跡，應該是平日煮飯洗衣造成的吧。聽說若只是做點需要碰水的工作，男性的皮膚很少出現乾燥情況，但女性的皮膚經常會立刻乾燥脫皮。因此初白手上的乾裂部分，就是平常為結城努力付出的鐵證。

「謝謝妳平常的付出。」

結城這麼說，並盡可能溫柔地輕撫初白手上的乾裂部分。

「……～！」

結果初白將頭抵上結城的肩膀扭啊扭的。

「怎、怎麼了？」

「結城，這樣不行……你在幹嘛啦，真的是……」

兩人如此互動碰觸，悠閒地享受這股平靜的時光。

「……吶，結城，可以跟我說說你為什麼放棄棒球嗎？」

初白忽然拋出這個問題。

「嗯？妳很好奇嗎？」

「咦？是、是啊，畢竟你以前那麼認真練習，我當然會好奇。不過……最重要的是……」

初白微微低下頭，用沒有牽著的右手撥弄著頭髮。

啊，她在猶豫該不該說出口吧。

結城往牽著的手加重了力道，向她表達「沒事，說出來吧」。

初白似乎也確實接收到這股暗示了。

「……你今天一直沒辦法集中精神讀書吧？」

「啊～妳有發現啊。」

結城今天的確難以專心。尤其一開始那段時間根本是心不在焉的狀態，連平常三分之一的習題都解不完。

「是啊，因為我一直在看你。我很喜歡……欣賞結城用功讀書的側臉。」

「這、這樣啊……」

女朋友說的這些話，讓結城的臉逐漸發燙。

「而且我在想，是不是和藤井聊過以前打棒球的往事，你今天才無法專心讀書。那個……我才猜會不會跟你放棄棒球的原因有關。」

初白直盯著結城的雙眼這麼說。

「如果和我聊聊能讓你輕鬆一點……如果你願意告訴我，我會很開心的。」

「……真是敗給妳了。」

完全被看透了嘛。看來以後沒辦法在他的女友面前說謊了。

「這個嘛……我覺得這件事實在不值一提，而且還非常老哏。」
結城向初白詢問道：
「吶，初白，妳知道『星一徹』嗎？」
「咦？知、知道，是《巨人之星》主角的爸爸吧？」
由於初白不諳世事，結城還以為她沒聽過這部漫畫，沒想到她居然知道。
「對了，之前跟妳說過吧，我爸在我國中時就走了。」
「嗯。」
「我爸他啊，就是『星一徹』那種人。」
以這句話開場後，結城開始娓娓道來。

＊　＊　＊

「不要因為一點小失敗就處處逃避啊！祐介！」
這是結城祐介的父親——結城勇次郎的口頭禪。
這個在鄉下地方務農的男人，似乎在結城還在母親肚子裡時，就發下豪語表示「我要把這孩子培養成職棒選手」。因此結城一長大，他便立刻用落伍的斯巴達式教育訓練結城。儘管沒有施行過當的體罰，卻完全不允許結城妥協與示弱。周遭的人們都說，他這種做法像極了在棒球漫畫《巨人之星》登場的主角父親「星一徹」。

光從這些來看，結城這個可憐的少年，確實因為父親的一己之私度過了艱辛的少年歲月。

「少囉嗦，臭老頭！你倒是投一球給我看看啊！」

然而結城身為兒子，也會在努力練投的同時像這樣對頑固老爸厲聲怒吼，個性十分好強。

在父親嚴厲的指導下，結城每一天的生活都圍著棒球轉。但若問他當時辛不辛苦，老實說，他沒什麼印象。畢竟這些訓練自懂事以來就持續至今，他也不討厭這種單純磨練棒球技巧的方式。每天早起和父親練習，放學後在棒球俱樂部打球，結束後再次和父親練習。假日的訓練更是持續一整天，兩人一邊互罵一邊練習。這樣日復一日的生活，結城從不感到膩煩。

對結城祐介來說，只是再正常不過的生活。

這樣平凡的日常卻忽然迎來了終點。

國二那一年，父親結城勇次郎離世了。

有人跟他說明過死因，但他記不太清楚了，印象中應該是心臟方面的疾患。

＊　＊　＊

「……我記得很清楚，我在老爸的葬禮上一滴淚都沒流。因為妹妹跟媽媽都在哭，我才覺得自己也該哭一下，所以印象很深刻。」

「……」

初白默默地傾聽著。

結城看了看時鐘。

「啊，已經比平常還要晚了耶。初白，妳不累嗎？」

初白緩緩地搖搖頭。

「……再多說一點給我聽吧。也就是說，你是因為這場打擊才放棄了棒球？」

「嗯～算是嗎？不知這算不算打擊……」

結城將視線往上移，彷彿在眺望遙不可及的昔日景象。

「老爸過世後，每天早晚就不用進行刻苦至極的練習，即使無所事事地發呆耍廢，也不會再聽到『給我去練習揮棒！』這種怒吼了。棒球俱樂部那邊也正好出了點問題，變成長期歇業。老爸和棒球就這麼悄悄地退出我的生活，一直到他的葬禮告一段落為止。」

結城說話時難得像這樣毫無自信，彷彿自己也搞不清楚似的。

「然後啊……該怎麼說呢？可能是熱情消退了吧，我開始思考自己為什麼要打棒球。過去我從來沒想過這件事，卻也找不出理由何在。回過神才發現，我已經好幾個月沒碰棒球、手套和球棒了……可是我也沒有因此心生不滿，就這麼一路走到了今天。啊，這麼說來，結果老爸死後，我就再也沒碰過棒球用具了。」

結城直盯著沒有牽著初白的那隻左手，將手張開又握緊。

過去休假時，這隻手會戴著棒球手套一整天，此刻他卻再也想不起當時的觸感了。

「說真的……我自己也不知道為什麼要放棄棒球。然而事到如今，我怎麼又會想起老爸的口頭禪呢？那個頑固老頭可能會要我一直打棒球到死為止吧。」

說完，結城輕笑了一聲。

「就是這樣。抱歉啊，初白，我好像說得不太清楚。」

「……」

初白目不轉睛地看著結城的表情。不久後，她探出身子說：

「結城。」

「怎、怎麼了？」

看到那張可愛的臉蛋，忽然湊近到鼻尖幾乎相碰的極近距離，結城不禁有些動搖。而初白繼續說道：

「要不要跟我練習傳接球？」

◇

隔天星期六。

每月一次的週六課程在中午前就結束了。放學後，結城來到棒球隊室，跟剛結束練習的藤井借了兩個棒球手套和一顆棒球。

和初白一起吃完她做的午餐後，兩人便前往附近的河堤。

結城的左手久違地戴上棒球手套，他用右手「啪啪」地打了幾下。沒錯沒錯，就是這種觸感。

「但妳怎麼忽然想練傳接球？」

「聽完你的故事之後，我就很想嘗試棒球嘛。」

穿著運動服的初白，將尺寸略大的棒球手套戴在手上，並拿起棒球。

「妳打過棒球嗎？」

「沒有，可是有看過比賽啦。那、我要傳球嘍……嘿！」

說完這句話後，穿著運動服的初白就扔出了球。

「哎呀。」

兩人距離雖近，球卻往斜上方偏移。結城用力一跳，才勉強用手套接住。

「對不起！」

「啊，沒事沒事，一開始都會這樣啦。」

她的投球方式一看就知道沒什麼經驗，但以初學者而言算是非常優秀。

「換我嘍。」

結城也稍稍揮動手臂，輕輕地扔出球。

「哇！」

結城投出的球落入初白的手套中，發出清脆的「啪」一聲。

「……好厲害，跟我投的完全不一樣，落點在正中央呢。」

「沒有啦，我太久沒投了，手臂和身體動作還無法完全統一。轉速很慢，軸心也偏掉了。」

「哦，原來如此……嘿！」

初白又把球投了回來。這次雖然同樣往上飛去，卻沒有左右偏移。

結城也回憶著過去的感覺，輕輕地將球丟回去。

球再次落入初白的手套中。儘管控制得當，不過對結城來說，果然還是沒辦法投得像以前那麼好了。

「……不過，初白妳很會接球呢。就算球從正面飛過來，初學者一般也都接不住。」

「是嗎？」

說完，初白又把球投了回來。

這次只稍稍偏離了結城所站的位置而已。

回傳的技巧越來越正確，可見她的理解力應該很強。這樣的話，再把距離拉開一點或許也行得通。

「應該可以離遠一點投球了吧？」

「可、可以，麻煩你了。」

「好。」

結城往後退一步之後，將球拋了出去。

球速雖然比先前快了一些，初白依舊穩穩地接住了。

真的很厲害呢。這次投的方向明明有些偏離她所站的位置。

「還可以再遠一點嗎？」

「可以。」

接住初白投回來的球後，結城又往後退了一步。

不過，自己剛才投得實在有夠爛。初白的表現值得嘉獎，但結城的表現可說是爛到極點。

「……老爸看了一定會破口大罵吧。」

他低聲說著，並將球投出去。

初白也把球投了回來。

於是結城又稍稍拉開了距離。

一來一往之間，結城也隱約想起了過去的感覺，然而身體動作依舊僵硬，也無法順利將力道注入球內。空窗期原來是這麼可怕的一件事。

彷彿都能聽見父親的怒吼。

『不要用手臂去投！要用下半身投！』

（吵死了，球拿在手上，當然是用手臂投球啊。拜託用「靠下半身製造距離，大幅轉動上半身」這種說法好嗎？誰聽得懂啦。）

結城投出了球。

『注意指尖的感受！最後要用指尖把球切出去！』

（這要看人吧。我一定要靠往前推送的感覺才有辦法讓球旋轉啊。）

結城又投出了球。

『給我緊盯著目標區域，往正中心投！把氣勢帶出來啊！氣勢！』

（白痴喔，沒看到我在投了嗎？要是靠氣勢就能投出好球，哪需要這麼辛苦……啊，真受不了。）

結城將手高舉過頭，嘴角也勾起笑意。

（真是個囉嗦又白痴的老爸……混帳老頭。）

結城的指尖發出了球被推送出去的尖銳聲響。

「啊！」

糟糕，沒收斂力道就丟出去了。

這次他運用身體的方式無可挑剔，投出的球以強勁又俐落的下旋方式劃破空氣，劃出一道筆直軌跡飛向初白的手套，就像被吸引過去似的。

啪！

球狠狠地落入手套，發出一陣巨響。

初白上身後仰，當場坐倒在地。

「妳、妳沒事吧？」

即使這種軟式棒球比正式比賽用的硬式棒球柔軟許多，也不能不加思索地往初學者丟過去。若是結城這種力道強勁的投球，就算是有經驗的人，接球的那隻手也會感受到痛楚。

「對不起，我沒注意……」

初白卻愉悅地說：

「沒事，我把球接下來了……而且……」

她將取下手套的左手按上胸口，臉頰泛起微微的紅暈說：

「接到球的那一刻，左手那股麻麻的感覺……好像有點舒服。」

「這下糟了，妳可能被藤井的變態病毒感染了。」

「……？」

這時，初白神情不解地看向結城。

「怎麼了，初白？」

「結城……你在哭嗎？」

「咦？」

結城摸了摸自己的眼下。

「……啊，真的耶。」

確實有點濕濕的。

「因為我……想起了一些事。」

結城用袖子擦去眼淚，接著說道：

「投球的時候，我想起了老爸。他的嗓門還是一樣大，給我的建議雖然正確，卻老是用聽不懂的說法……不過他看起來好像很開心。」

啊，沒錯。那個老爸在跟自己練習棒球時，雖然一天到晚破口大罵，感覺卻無比快樂。

所以當時他才不討厭爸爸。儘管練習過程十分艱辛，但結城不討厭棒球本身，反而覺得這才是自己與父親相處的時光。

「……我可能是為了讓老爸開心，才會走上棒球這條路吧。難怪他死了之後，我就不打棒球了。哈哈，看來我也沒資格說藤井呢。」

呼。

他喘了一口氣。

「初白，可以再陪我練一下傳接球嗎？」

看到結城笑著這麼說，初白也面帶笑容地回答：

「當然可以。讓我的手更麻一點吧！」

說完，初白用力地拍拍手套。

「呃，我不會再投這麼狠的球了。跟初學者練球時要是控制不當，可是很危險的。」

「……這樣啊。」

初白有點遺憾地垂下肩膀。

被衣服底下傷痕累累的人這麼說，讓結城不知該如何反應。

◇

在那之後，兩人又在河堤練習傳接球好一陣子。

初白在投球的同時說道：

「結城！」

「嗯～怎麼啦～」

「你放棄棒球之後，為什麼會在不擅長的課業上拚命努力呢？」

「啊～……」

接住那顆球之後，結城把球拿在右手上轉來轉去。

「我以前住的地方非常鄉下，老爸病倒的時候，附近唯一的醫院好像都沒有空床。當時雖然有將他送到比較遠的醫院，然而他似乎在途中就不治身亡了。所以……」

結城投出球後，有些害臊地說：

「我想當醫生，在醫療資源不足的區域行醫。」

這個夢想他幾乎沒跟別人說過。一方面也是因為理由太過單純，讓他覺得有點丟臉。

但初白接住結城投過來的球後，露出了一抹微笑。

「我覺得這個夢想很偉大，很有你的風格。」

「……」

那抹無憂無慮的笑靨，讓結城的心頓時輕鬆不少。

真受不了這個女友……到底要讓我多開心她才甘願？

「吶，初白。」

「什麼事？」

「我好喜歡妳，謝謝妳平日的付出。」

「……咦？」

初白正準備投球，身體卻狠狠震了一下，導致球大幅偏離軌道。

「喂喂，妳要投去哪裡啊？」

「都、都是你忽然說這種話……」

結城追出去撿球的時候，身後的初白滿臉通紅地鼓起雙頰。

「抱、抱歉抱歉。」

說完這句情話後，覺得無比害羞的結城也漲紅了臉。

（啊，感覺真好……）

他由衷地這麼認為。

雖然跟和老爸練習時不一樣，不過這種棒球練習也很棒。

「……老爸，你看見了嗎？你想栽培成職棒選手的兒子，如今正在跟女朋友開開心心地邊聊天邊玩傳接球呢。活該。」

結城低聲這麼說道。

糟糕，不知不覺投了好幾個小時。
嘎——
嘎——
差不多該結束了。
抱歉，讓妳陪我這麼久。
為什麼要道歉呢？
咦？
我玩得很開心呀。
下次再一起練吧。
閃閃
發光
……好想把她娶回家！

第六話　準備考試和女朋友

『二年A班的結城祐介同學，請至資料室。』

「哎，又來了……」

放學後，結城又被校內廣播叫去資料室。這幾天幾乎每天都會聽到。

「又是那件事？」

大谷一邊收拾書包一邊問。

「啊，應該是吧。」

「是喔～那位臨時教練也很辛苦呢。」

「不然妳代替我去吧？就說妳是大谷翔平的代打。」

「我的運動神經也算是神靈附體的等級，不過是衰神就是了。你應該也知道吧？」

「說得也是……哎。」

結城深深嘆了一口氣。

◇

「結城同學，意下如何啊！想不想加入棒球隊？」

結城一走進資料室，就有人用類似應援團那種宏亮的嗓音迎接他。

那人便是棒球隊的臨時教練——清水浩司。

「哎，我之前不是說過好幾次了嗎？我沒有意願。」

結城口氣無奈地這麼說。

清水坐在折疊鐵椅上，旁邊有位年紀初老的男老師，露出了傷透腦筋的表情。這位戴著眼鏡、感覺有些懦弱的社會老師，名義上是棒球隊的顧問。但他似乎沒有棒球經驗，主要的工作就是送球隊去比賽，或是像這樣受清水委託，把結城叫到資料室等雜務。

他不太會拒絕別人的請求，又遇上態度頑強的清水，應該吃了不少苦頭。

「然而我很想讓你的才能開花結果啊。只要有你和藤井同學，前進甲子園也不是夢想了。」

「這世界哪有這麼容易啊？最重要的是，藤井那種人也不會對這種夢想燃起熱情。」

「說什麼傻話，哪有棒球少年不想去甲子園的呢？我雖然也經歷過，但那裡可說是至高無上的舞台啊，藤井同學一定……」

「如果您只想說這件事，那我先告辭了。」

「咦？啊，等一下，結城同學！」

「還有，麻煩下次別在放學時間把我叫過來了。別看我這樣，我還得忙著讀書和打工，尤其現在更沒有那種閒工夫。」

說完，結城便走出資料室。

沒錯，現在他沒有那種閒工夫。

在結城他們這間學校，對即將迎來暑假的學生來說，仍有一件大事在等著他們。

就是期末考。

跟其他學生相比，身為優待生的結城更是不能掉以輕心。

雖然平常就會先行預習超前的進度，但他的成績一定得保持在學年前五名，可說是相當艱苦的戰役。過去他每次都考第一名，然而無論是棒球還是課業，勝負都是不可預測的。

還剩兩個禮拜，得抓緊時間趕工才行。

◇

「所以這段時間，我應該會在自習室待久一點。」

兩人一如往常在就寢前牽手溫存時，結城這麼說。

「期末考啊……」

「回家時間也會比較晚。抱歉啊，初白。」

在學校讀書可以隨時找老師提問，這一點就遠遠勝過在家讀書的效率了。尤其段考攻讀的範圍只限學校出的考題，不如大考那麼廣泛。因此若能向實際出題的老師們提問，可說是天大的幫助。

「……」

初白沉默了一會兒。

結城知道初白相當看重和自己相處的時間，所以才覺得這種事一定要事先告知才行。

但初白語氣平靜地說：

「沒事，畢竟結城想當醫生嘛，這是理所當然的……要加油喔。」

「初白……」

「不然……現在可以讓我跟你撒嬌嗎？」

「……啊，當然可以。聽到妳這麼說，我反而很開心。」

結城說完，初白就緊緊扣住牽著的手，讓身體靠得比剛才更近。

緊緊相貼後，結城更能感受到初白的體溫。

「好溫暖喔。」

「是啊。」

「結城，別在意回家時間，好好加油吧……我會做好熱騰騰的飯菜等你回來。」

「初白……」

隨後，兩人都不發一語，任憑寧靜的時間緩緩流逝。

在靜謐的氣氛中，只能感受到時鐘滴答聲和彼此散發的體溫。

（啊，可惡，就是這樣啦。）

結城在內心抱頭苦惱著。

問題就出在這段時間。

自從初白來了以後，這段令人心曠神怡的美好時間便闖進了結城一天的行程當中，結城才想在自習室讀書。

原先只是就寢前的一小段時光而已，然而現在只要待在家裡，他們幾乎都在溫存。不只是初白這麼認為，不，這段時間帶給結城的舒適感或許更勝於初白。如果在家讀書，雖然不至於會敗給這段美好時光的誘惑，卻依舊會分心走神。

若只是日常複習，根本不必全神貫注，只要完成適當的進度就行。然而在期末考前的衝刺時期，萬萬不能如此鬆懈。

（……哎，兩個禮拜啊。）

結城第一次對期末考產生了恨意。

……把這件事告訴大谷後，大谷用一句「太少女了吧，我要胃食道逆流了」就叫他閉嘴了。

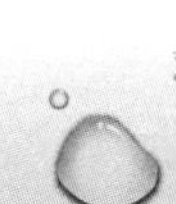

◇

在那之後，結城彷彿化身為讀書狂魔。

早上他會比平常早一小時到校讀書，放學後更是在自習室讀書到全校學生都走光為止。打工時間又會視自習時間往後挪動，所以回到家時都是深夜時分了。一回到家，他便會立刻吃飯睡覺，不做其他事，自然也沒時間和初白好好聊聊。

儘管如此……

「路上小心，結城。」

「歡迎回家，結城。」

初白還是一如往常地掌管家務，像平常那樣予以問候。

所以結城也努力為自己打氣。

（絕對不能說出「少了溫存時間好寂寞」這種話！）

還要更努力用功才行。儘管仍有粗心大意的時候，但第一名的寶座絕對不能讓給其他人。

要更努力……要更努力……

◇

「啊～這樣初白一定覺得很寂寞吧。」
在結城進入考前模式一週後的某個午休時分。
跟平常一樣來糾纏大谷的藤井，喝著咖啡牛奶這麼說。
「啊，你也這麼認為嗎？」
迅速解決午餐打開課本的結城抬起頭來。
「應該會吧。我覺得初白喜歡你的程度遠超過你的想像喔。」
大谷也吃著炒麵麵包這麼說。
「真、真的嗎？哎呀～人家會害羞耶。」
看到結城笑得一臉憨呆，還發出羞答答的聲音，大谷低喃一句「有夠蠢」並嘆了口氣。
結城繼續挑戰解到一半的習題，同時說道：
「……可是我也不能怠忽學業啊。」
「是嗎？如果讓翔子寶貝空虛寂寞覺得冷，我會直接放棄考試喔？」
說完，藤井對大谷送了個秋波。
「我才不需要這種軟爛男。」

卻被大谷本人狠狠甩開了。

「哪能放棄啊？我是優待生耶，現在住處的房租也是靠優待補助才付得起喔？」

結城雖然這麼說……

「但翔子寶貝是獨一無二的！無可取代的寶物更要好好珍惜才行！翔子 is only love！」

藤井的英文程度，實在很難想像他上次英文考試拿到九十分。

然而結城確實能了解他的心情。

「別管那個白痴說的夢話了，你要不要先跟初白談一談？就算覺得寂寞難耐，但要是會給你添麻煩，那孩子一定會壓抑自己。」

「說得也是。」

「對啊，而且初白她……」

大谷本想繼續開口，卻又搖搖頭。

「……算了，現在不方便多談。」

「幹嘛啦，讓人很在意耶。」

「考完試以後再告訴你吧。」

大谷這麼說，並用熟練的動作將吃完的麵包包裝袋摺好。

◇

「歡迎回家，結城。」

「我回來了，初白。」

結城打工結束回到家後，初白一如往常地上前迎接。

現在已經晚上十一點半了，不過今天回家的時間已經比平常早了一些。

「晚餐做好嘍。」

帶著笑容說話的感覺也一如既往。

「……啊，謝謝妳。」

「你怎麼了，結城？」

「不，沒什麼，還是趕快開飯吧，我快餓死了。」

「呵呵，我馬上去準備，稍等一下喔。」

當結城沖完澡換上家居服走出來後，便看到桌上擺著盛裝在大盤裡的咖哩。

「我幫你裝很大盤唷，吃得完嗎？」

「可以，謝謝妳。那我開動了。」

結城立刻吃了一口咖哩。

「……初白做的咖哩果然是最好吃的。」

「哪有，不是很常吃嗎？」

初白這麼說，一臉開心地看著結城吃飯的模樣，自己卻拿著湯匙遲遲沒開動。

「是啊，就是家常的味道，所以才好吃嘛。」

初白的特製咖哩會將蔬菜燉煮軟爛，讓食材的味道充分融入醬料之中，口感清爽，滋味卻十分濃郁。這道菜最近也吃了好幾次，是熟悉又家常的風味。

結城喝了口水後說道：

「不光是料理，因為初白像平常幫我做家事，出門時會對我說『路上小心』，到家時會對我說『歡迎回家』，我才能繼續努力。真的很謝謝妳。」

「被、被你感謝成這樣，我會害羞啦。」

「……吶，初白，妳該不會在壓抑自己吧？」

結城直盯著初白的眼眸這麼說。

雖然思考過各種間接打聽的方法，但拐彎抹角還是不符合結城的作風。只見初白用右手摸著頭髮開口道：

「不，並沒有……畢竟我只是在做平常的工作嘛。」

初白露出一如往常的笑容。

「是嗎？希望只是我多心了。」

不過由於初白用右手摸了頭髮，結城已經知道她心裡有話想說卻說不出口了。該怎麼辦呢……

「那個，結城，我真的沒事。請你專心準備考試吧……」

初白有些內疚地這麼說。

結城心想：啊，繼續追究下去反而不太好。對初白來說，要是結城的讀書時間被自己拖累，應該最讓她難受吧。正因為明白準備考試對結城有多麼重要，她才認為不能讓結城因為自己而無法集中精神。

（她真是個體貼的好女孩。）

然而要是結城就這麼對初白置之不理，感覺反而會沒辦法專心讀書。正當他在煩惱該如何是好時，看見電視螢幕旁放著參考書。那是結城高一時用的。

事到如今，結城已經不會再使用那些參考書了，可能是初白在看的吧。在結城上學期間，初白似乎會花不少時間研讀結城的參考書。

……這方法或許可行。

「吶，初白，睡前我想再複習一會兒，妳要一起嗎？」

「……咦？但你考前不是想盡可能在學校讀嗎？」

「我想轉換一下心情嘛……不行嗎？」

「……」

初白似乎有些苦惱。

「……那，如果不會影響到你，就讓我跟你一起讀書吧。」

不過她最後還是緩緩點點頭，這麼說道。

◇

在靜謐的氣氛中，迴盪著時鐘滴答聲和自動鉛筆的沙沙聲。

結城在檢查數學筆記，初白在寫英文閱讀測驗。

結城在複習自己的進度時，偶爾會偷看初白的狀況。

她以背脊挺直的優美姿勢坐在地上，行雲流水地動著手上的筆。儘管不像結城這麼熟練，卻也十分順暢地在筆記上寫下答案。

「……我之前就想問了。初白，妳的成績應該很好吧？」

初白現在寫的閱讀測驗難度頗高，照理來說，一年級的她不可能寫得如此順暢。雖然初白之前就讀的名門女高本就是高偏差值的名校，卻也沒幾個人能達到這種水準。

「雖然不像你這麼誇張，但我以前也是只會讀書的書呆子。」

「是嗎？啊，畢竟妳沒有手機，來我家之後才第一次打電動嘛。」

「是啊。我以前的生活就是上學，放學後馬上回家做家事和讀書……跟現在沒什麼兩樣。現在不去學校的感覺有點不可思議。」

「初白……」

「所以，我已經習慣一個人靜靜地讀書了。」

說完，初白對結城笑了笑。

她果然又摸了頭髮。剛剛那些話是為了不讓結城擔心的謊言嗎……雖然應該不至於到這種地步，然而她其實並不想說吧。

……話雖如此，結城也不認為自己可以強迫她說出這件事，就跟結城不會主動詢問初白的過去一樣。他覺得等初白想聊的時候再聊，才是最好的選擇。

只是……

「初白，我問妳。剛才妳說『自己只是在做跟平常一樣的事』，所以不值得被感謝嗎？」

「咦？是、是啊。」

「初白，我覺得『跟平常一樣』反而才厲害呢。」

一如大谷所言，有些人的確心裡有話也說不出口，他也知道自己的女朋友就是這種人。

所以，他至少想讓初白變得更容易開口。

「老是任性妄為的那些人，或許不覺得『像平常一樣』是什麼厲害的事，但初白妳總是會顧慮別人的感受吧？像我這種有話就馬上說的人，真的覺得妳很了不起。妳總像這樣『用平常的態度』對待我，真的幫了我不少忙。」

結城停頓了一會兒，才又繼續說道：

「不過我還是覺得初白總是在壓抑自己。所以……我希望妳可以再更任性一點。雖然沒辦法百分百達到妳的要求，我還是想盡可能完成妳的心願。」

說完這些話後，結城再次低頭看向筆記，專心複習自己的進度。

在那之後的好一陣子，初白都拿著筆僵在原地，凝視著結城用功讀書的身影。

◇

「到頭來，你還是沒問出初白的心情啊？」

「是啊。」

隔天早上。

結城一如往常地率先抵達教室讀書時，大谷也走進教室，跟他聊聊昨天的狀況。

「光聽你這麼說，就知道她真的很寂寞嘛。你就稍微縮短讀書的時間，跟初白多相處一點嘛。」

「不，那可不行。要是真這麼做，初白會變得鬱鬱寡歡，以為自己給我添了麻煩。」

「……哎，太過乖巧也是個問題啊。」

大谷有些驚訝地說。

「但我的心情反而暢快多了。」

結城的表情確實跟前幾天大不相同，感覺不再迷惘。

「既然初白都為我著想到這種地步了，我就順從她的好意專心讀書吧。然後……」

結城帶著一股決心，用力握緊拳頭說：

「考完試以後，我要請一天假！」

「請假？」

「對，那天我不打工也不讀書，要跟初白整天膩在一起。還有……那個……或是找她去約會……她應該會很開心吧？真是這樣的話就好了。」

「……」

大谷露出無話可說的表情，彷彿一口氣灌了一瓶糖漿似的。隨後她嘆了口氣，默默從座位上站了起來。

「嗯？妳怎麼了，大谷？」

「我有點胃食道逆流，所以去買個黑咖啡。」

結城疑惑地心想：什麼意思啊？

◇

時間終於來到期末考當天。

有些人顯得戰戰兢兢，有些人鼓足幹勁要在這次考試中取得高分，有些人覺得期末考跟自己無關，前一天乾脆通宵打電動，現在正睏倦地揉著眼睛。

至於上一次段考拿下第一名寶座的這個男人，結城祐介——

「……這一刻終於到了。」

他死盯著分發在桌上那張尚未翻面的考卷。

「儘管放馬過來吧，我會把你碎屍萬段……」

聽起來實在不像馬上要考期末考的人會說的話，不過看到他渾身散發的鬥氣和熱情，卻也讓人無法開口吐槽。他狠狠坐上木製座椅，用力瞪大雙眼的模樣簡直威風凜凜，像極了踏上兵分天下之戰的將領。

「好了～請開始作答。」

監考老師一開口，結城就翻開了考卷。

眾多題型（敵兵）頓時現身。問答題、填空題、申論題等各式各樣的士兵紛紛襲向結城。

「上啊！」

結城緊握手中的巨劍（自動鉛筆），衝向成群來犯的敵兵。

「呵，膽子真不小，居然出這些比平常還難的題目……不過很遺憾，你們根本就不是我的對手。」

他早就把考試範圍內的題型背得滾瓜爛熟，深深刻進身體和頭腦裡了。

每當結城揮出巨劍（自動鉛筆），考卷上的題目便會被一一解開。就連出題老師帶點玩心故意刁難的題目，他也能猜到出題者的意圖。結城對題庫的理解就是如此深入，根本難不倒他。

而且結城的身體狀況遠比上次考試健康許多。過去的他覺得時間寶貴，三餐都靠超商便當或外食解決；然而現在的他三餐規律，還能吃到初白營養均衡的美味料理。光就體感而言，腦袋的運轉速度似乎提高了三倍。

簡直就是以一擋百，天下無敵。明明還不到二十分鐘，考卷上便只剩下最後一題，敵軍已經全軍覆沒。

「呵哈哈哈哈，無聊，太無聊了。居然被你們這些雜碎剝奪了我與愛人相處的時間，真是天大的笑話。最後一題，放馬過來吧，我就看看你能取悅我到什麼地步——」

「結城，考試的時候安靜點～不然扣分喔～」

「啊，不好意思。」

被監考老師警告後，結城開始乖乖解題。

他正好跟大谷對上視線，只見大谷用看著宇宙無敵大蠢蛋的眼神看著他。

順帶一提，最終題型是最後一道申論題，比想像中還要棘手，結城花了十五分鐘才解決。只要沒出差錯，滿分就到手了。

◇

「……好了，把考卷交上來吧～」

期末考第三天，最後一科數學B考試結束了。

「今天沒什麼事情要交代，就這樣吧。各位同學回家小心。」

說完，擔任監考老師的A班班導便走出教室。

第三天是期末考最後一天，只有三科考試，所以中午前就考完了，可以直接回家。而且校長體貼地表示「大家讀書辛苦了，總之就好好休息玩個夠吧」，因此結城他們學校在考試最後一天，所有社團和委員會都暫停活動，每個人都一臉愉悅地思考著如何享受放學後這段自由時間。

「呼。」

結城嘆了口氣。

「……辛苦了。考得怎麼樣？」

坐在後面的大谷一邊收拾文具一邊問道。

「其實還不錯。」

結城有些疑惑地說。

「該怎麼說呢？感覺是目前最有把握的一次。如果單看實際的讀書時間，明明是目前為止最短的一次。」

「是喔～難道是女朋友的力量嗎？」

大谷用半開玩笑的口吻這麼說。

「不必懷疑啊，就是女朋友的力量。一想到考完試就要把這個送給初白，心中就會湧現出無限之力呢。」

說完，結城便從書包裡拿出兩張某個遊樂園的門票。看到朋友用無比認真的表情這麼說，大谷似乎嚇得不輕，整張臉都僵住了。

「……哎，好好好。真虧你敢一臉認真地說出『無限之力』這四個字。」

大谷停頓了一會兒，卻沉下嗓子開口道：

「……欸，結城，關於初白啊。」

「……怎麼了？」

「之前我不是說，要在初白那間學校調查看看嗎？」

「是啊，妳有說過。」

結城看向大谷，也感受到她嚴肅的態度。

「當時我雖然說不會把調查的結果告訴你……但這件事還是得說。我聯絡了國中同學請她幫忙調查，可是……」

大谷沉默了一陣，接著說出出乎意料的一句話。

「那間女校……好像沒有叫初白的學生。」

「……啊？」

萬萬想像不到的結論，讓結城的思緒瞬間停擺。

「不不不，等一下。再怎麼說，這也太離譜了吧。」

初白確實穿著那間學校一年級的制服。除此以外，書包和運動服也是該校的款式。

「我也搞不懂，現在還要請朋友繼續調查。」

「……」

大谷對目瞪口呆的結城說：

「對不起，我本來也不想告訴你。然而要是沒先跟你說一聲，我實在過意不去。」

「……沒事，說了才好。謝謝妳告訴我。」

「吶，是不是該讓初白談談她的狀況了？不過……這方面還是讓你自己決定好了。」

結城緊盯著手上那兩張票，呆站在原地好一會兒。

◇

雖然從大谷口中聽到意料之外的事實，結城卻告訴自己不能一直心慌意亂，於是決定先表現得一如往常。

期末考雖然告一段落，結城這個男人依然不忘複習。所以考完試當天，他趁記憶猶新，在自習室回顧期末考題。這次的考題他基本上都解得出來，不過他還是花了點時間回想，用自己的方式將解題不順和粗心大意的部分稍作整理。

「……聯立方程式要移項的時候，偶爾還是會忘記要變換符號。得想辦法改改這個壞習慣，不然常常浪費太多時間。」

儘管會在考試前鼓足幹勁努力用功，卻沒幾個人會在考完試後立刻檢討到這種地步。正是這股有始有終的精神，結城才能永遠占據第一名的寶座。

老實說，他很想立刻衝回家把門票送給初白，卻還是強忍下來。若此時半途而廢，先前專心準備期末考以致冷落初白就沒有意義了。

「……不過，這到底是怎麼回事？」

結城不斷思考方才大谷告訴他的事實。

他當然不會因此而改變對待初白的態度。初白就是初白。

但他也認為大谷言之有理，或許是時候向初白問問她的遭遇了。基本上，初白是那種想說卻說不出口的人，結城也深切明白這一點。

……他當然不會因為心生猶豫就強迫初白開口，只是……

「被大谷這麼一說，這時候或許可以用有些強硬的手段問出事實。」

算了，先別想這麼多了。

現在還是趕快完成檢討，回到有初白在等待的家吧。

◇

結束考題檢討而離開學校時，正好剛過中午。

結城以略快的步伐在回家路上小跑步，卻被常去的那間超市留住了視線。

「啊，機會難得，買點蛋糕回去當伴手禮吧。」

好像有在大谷逼他看的少女漫畫裡看過，獨自出差返家的老公買蛋糕回家當伴手禮的畫面。

其中應該帶著自己忙於工作讓老婆寂寞的歉意，以及對老婆負責家務的感謝吧。

當時他看到這一幕實在無法理解，如今卻對這股體貼的心意深有體會。

於是結城走進超市，在排滿甜點的零食貨架前物色起來。

「咦？這不是結城同學嗎？」

「呃！」

喊他的人是清水浩司，購物籃裡還裝滿了巧克力蛋糕和啤酒。

「嗨～」

清水勾起嘴角往結城走去。

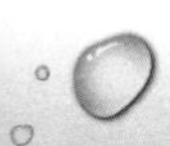

「嗨、嗨、嗨，結城同學！」

本想輕輕點頭致意後就立刻逃離現場，然而情緒莫名高漲的清水衝上前，實在不能裝作沒看到。

「午、午安，清水教練。」

「好巧啊，沒想到會在這裡遇見你！」

「就、就是說啊。您住在這附近嗎？」

「不，我住的地方有點遠，不過離家最近的超市今天沒開，我就跑來這裡了。哎呀～未免也太巧了吧。這一定是神的指示，告訴你『該加入棒球隊嘍』。你意下如何啊？」

結城發自內心心想：這種神明麻煩就地毀滅吧。

（哎，我真的很不會應付這種人……）

鍥而不捨地邀他加入棒球隊也是一大主因，然而不知為何，結城就是不想跟清水打交道。清水平常一副開朗豪邁的模樣，總是笑容滿面，照理說應該不是很難相處的那種類型。可是……

結城對這種從未經歷的陌生感受有些不知所措。

「我說過好幾次了，我真的無意加入棒球隊。」

「別這麼說嘛，我相信你一定可以兼顧課業和棒球……嗯？結城同學，你也是來買蛋糕的嗎？」

「咦？啊，對啊。考試也考完了，所以想慶祝一下。」

雖然沒說是為了在家裡等待的女朋友買的，他卻也沒說謊。

「哦，這樣啊。啊對了，那邊有種蛋糕雖然貴了一點，但是很好吃喔。怎麼樣，我去幫你拿過來吧。」

「呃，不用這麼麻——」

「等我一下喔！」

說完，清水就快步走向其他貨架了。

……要不要在他回來之前先開溜呢——正當結城如此心想時。

「那個，結城，你怎麼板著一張臉呢？」

初白不知何時站在他身旁。

身上穿著平常那套制服。

「啊，沒什麼。妳出來買東西嗎？」

「對啊。我正在準備晚餐，可是醬油不夠用……」

「原來如此。難得遇見了，不如一起買吧。籃子給我。」

「謝謝。」

於是結城將初白手上的購物籃拿了過來，裡面放了一瓶醬油。

「結城，你在甜點區是要買什麼嗎？」

「啊～」

結城搔搔臉頰。

他當然可以直接承認，是為了感謝初白在考試期間一路支持，才要買蛋糕送她。不過……

（……明天再說吧。感覺這種謝禮還是買回去當作驚喜比較好。）

日常生活中的小小驚喜也很重要。

初白出現之前，結城對這種事可說是毫不在乎，最近卻慢慢意識到其重要性。雖然不像藤井那麼周到，但自己也開始會留意這些細節了。結城真想好好稱讚自己一番。

「不，也沒有——」

「喂～結城同學～我拿蛋糕來嘍～」

白忙一場了。這傢伙還真會挑時間耶。

清水拿著一個感覺要價不菲的四方形蛋糕盒走了過來。

「你看你看，這個冰淇淋蛋糕很好吃……」

「……嗯？怎麼了嗎？」

清水忽然呆站在原地。

到底怎麼回事？結城疑惑地循著他的視線望去。

「……」

只見初白也睜大雙眼，僵住不動。

「喂，初白，妳怎麼了？」

「爸爸……」

起初，結城還無法理解初白說出的這個詞是什麼意思。

初白剛才說了什麼？

「……小鳥。」

另一方面，清水也用相當自然的口氣，喊出了初白的名字。

「爸爸……」

「……小鳥。」

初白叫清水「爸爸」，清水則直接喊初白的名字。

由於情況完全超出預期，一開始結城的思考還跟不上，隨後卻立刻明白其中的意涵。

（清水教練是初白的爸爸？不，但姓氏不一樣啊……）

結城還在思考這些疑點時，便見清水氣勢洶洶地快步走到初白面前。

「臭丫頭！妳在搞什麼鬼！」

整間店都充斥著清水的怒罵聲。

平常清水的嗓門就很大，然而這股怒吼的音量和感覺卻不如往常，彷彿是在狠狠教訓孩子。

其他客人也納悶到底發生什麼事，紛紛看了過來。

「別、別這樣，清水教練。」

「啊、嗯……對不起，嚇到你了。」

聽結城這麼說，清水才暫時調整自己的呼吸。臉上也不是平常那種笑咪咪的樣子，而是嘴唇緊抿，氣得怒目圓睜。

「小鳥，妳之前跑哪去了？」

雖然跟剛才相比，已經接近平常的語氣了，不過清水還是用類似逼問的口吻詢問初白。

結城看向初白。

初白低著頭，完全僵在原地，無法動彈。

「怎麼？妳不講我怎麼知道呢？」

「……」

初白還是低頭不語。

「妳沒聽見嗎？我問妳離家出走搞失蹤之後都在做什麼？」

「……啊、啊……」

初白張開嘴想回答問題，卻只能發出無法組織成言語的微弱氣息。

見狀，清水的眉頭皺得更緊了。他再次問道：

「怎麼了？快點回答我——」

「清水教練，請等一下。」

結城實在看不下去了，於是出言打斷清水。

以初白現在的狀態，根本無法好好回答。

「我來回答您的問題吧。」

◇

和初白一同搭上清水開的車後，結城在副駕駛座將回到公寓的路線告訴清水，並講述目前為止發生的所有事。

包括把在廢棄大樓屋頂上被雨淋得濕透的初白帶回家，之後變成男女朋友，維持同居生活直到初白恢復平靜等，全都毫無保留地說出口。對方可是初白的爸爸，到了這個節骨眼，隱瞞也無濟於事吧。

雖然他依舊隱瞞了初白原本打算輕生的事實。

「……原來如此。」

「照理來說應該立刻向警方報案，但經過判斷後，我並沒有這麼做。害您擔心了，真的很抱歉……」

說完，結城低頭致歉。

清水手握方向盤，好一陣子沒有說話。

結城也默默地等著他開口。他已經做好被痛罵一頓的心理準備了。當時的決定或許很難用正確來形容，然而結城仍能充滿自信地說自己沒有錯。所以他也會好好面對對方的斥責。

雖然他這麼想……

「哎呀～太好了！幸虧是借住在結城同學這種人家裡。」

清水像平常一樣笑嘻嘻地說。

「咦？」

原以為會像初白剛剛那樣被罵得狗血淋頭，所以結城有些呆滯。

「您不生氣嗎？」

「嗯？那是其次啦。畢竟好端端一個女孩子忽然失蹤，我很擔心嘛～怕她會被壞男人拐走。聽你剛才的描述，你們之間應該沒有不純的異性關係吧？」

「咦？是、是啊，當然沒有。」

「嗯唔～像學生那樣清清白白的，非常好。可能是因為小鳥很早就喪母，個性變得內向許多，一直讓我很不安。但能找到結城同學這種可靠的男朋友，我就放心多了。」

「……別這麼說，因為初白真的是個貼心無比的好女孩。啊，麻煩在那個紅綠燈左轉。」

「好好好，知道了。啊，順帶一提，初白是我死去的老婆舊姓。」

原來是這樣啊，難怪大谷調查時才找不到姓初白的學生。看來結城在那個雨夜裡問她名字的時候，她就立刻冠上了母親的舊姓吧。

「不過小鳥也得好好感謝結城同學喔！」

清水對坐在後座的初白這麼說。

「……好。結城，真的很謝謝你。」

「啊，不用謝啦。能待在初白身邊，我也很開心啊。」

「嗯嗯，真不錯～好青春啊……啊，結城同學，你家在這裡嗎？」

「啊，沒錯。」

清水的車在結城的公寓前停了下來。

「那你們把行李搬過來吧，我在這裡等。」

「……好。」

結城應聲後便下了車。

初白也默默地走下車。

沒錯，這是理所當然的。

待會兒初白就要收拾行李回到清水家，也就是她原本的家。

持續了將近兩個月的同居生活，就這麼突然地迎來了終點。

◇

「……」

「……」

初白走進房間後，依舊沉默地收拾著自己的行李。

話雖如此，房裡也幾乎沒有初白的東西，因為她當時帶來的原本就只有身上這套制服，以及裝在書包裡的一點點東西而已。生活必需品都是用結城買回來的，剩下的頂多只有跟大谷一起去買的衣服。

「……但我真沒想到清水教練是初白的爸爸。所以妳的傳接球技術才這麼好嗎？」

「啊，不是，我們沒有一起打過棒球。不過也是，我經常跟媽媽去看爸爸比賽。」

「啊，而且感覺初白妳也知道一些訣竅……對了，不該叫妳初白，妳是清水小鳥嘛。」

「叫我初白就可以了。畢竟我已經聽你叫習慣了……」

「是嗎？也對，我也習慣喊妳初白。」

「嗯……」

「……」

「……」

話題至此就結束了。

結城環視了房間一圈。

「啊，妳要把遊戲機帶走嗎？」

結城指向還插著手把的遊戲機這麼問。

初白卻搖搖頭。

「不了，那是你的東西……」

「這本來就是為了初白買的嘛，想要的話就拿走吧，不要客氣。」

「……」

初白盯著遊戲機，好一會兒都沒說話。

結城也靜待初白的回答。

兩人僵持了幾十秒後，初白才微微笑著說：

「……說得也是，那我就不客氣了。」

「別再因為玩太久搞壞身體嘍。」

「不、不會再這樣了啦。」

初白有些害羞地這麼說，並用無比輕柔的動作將遊戲機放進書包裡。

這樣一切就準備好了。

「……那我走嘍。」

「好。」

初白拿著書包和衣服站起身，走到玄關前。

「結城，謝謝你這段時間的照顧。」

當初白說完這句話，準備低下頭道謝時。

「……等一下，初白。我只想問妳一件事。」

「什麼事？」

「初白……妳有話想跟我說嗎？」

結城這句話，讓初白驚訝地瞪大雙眼。

「……為什麼這麼想？」

「因為妳從剛剛開始，說話時就一直在撥頭髮。妳可能沒注意到吧，只要心裡有話但說不出口時，妳就會有這種習慣動作。」

沒錯。從剛剛開始，不，是遇見清水後就沒停過。

初白一直表現出撥弄頭髮的習慣動作。

所以她有所隱瞞。

一定有。

雖然很想說，不想給別人添麻煩的初白卻說不出口。

「初白，我之前也說過，希望妳可以更任性一點，我也想盡可能滿足妳的要求。所以，妳能不能告訴我呢？」

結城直盯著初白的雙眼這麼說。

可是……

她卻立刻移開視線低下頭去。

「……不，沒什麼事。」

「初白……」

「真的沒什麼事。不用……擔心我……」

「……」

她的表情一點也不像沒事的樣子。

但再繼續追問下去，初白應該也不肯開口吧。強行逼問這種事……結城還是不想冒犯。

「是嗎……那就好。妳想說的時候再告訴我吧。」

「……對不起。」

「沒事，不需要道歉啦。對了，如果我想打電動的時候，可以去妳家玩嗎？」

「嗯，當然可以。我會等你……」

初白面帶笑容這麼說。

然而她笑得無比僵硬，跟平常截然不同。

◇

清水下了車並抽起菸來。

「你們兩個是不是拖太久啦？」

「啊，抱歉，讓您久等了。」

結城說完，清水便把菸頭丟在地上用腳踩熄。

「不，沒關係。你們應該也想聊聊一起生活的那些回憶吧。」

「……結城，那我先告辭了。」

「好。」

初白對結城低頭致意後坐進後座，並關上車門。

確認車門關上後，清水走向結城低聲說道：

「結城同學，再次感謝你這段時間對小鳥的照顧。」

「不，說不上照顧啦。家事都是她替我打理的，反而是我被她照顧才對……」

「呵呵，這樣啊。小鳥做的菜是不是很好吃？」

「是啊，真的沒話說。」

對結城來說，那可是至高無上的美妙滋味。拖著疲憊身軀回到家，吃一頓初白做的料理，幾乎就是他的生存意義了。

「啊，對了，結城同學。」

清水又拿出一根菸，點燃後抽了起來。

「往後可能一段時間見不到小鳥了，你沒問題嗎？我想留點親子相處的時間，好好聊聊未來。」

「……啊，沒關係。」

這種相處時光的確是不可或缺的。

「我對你真的充滿無盡的感謝。狀況穩定下來之後，我會再主動跟你聯絡……如果你能順便加入棒球隊，我會更感謝你……」

「恕我拒絕。」

「這樣啊……可惜，真是太可惜了。」

說完，清水便坐進駕駛座並關上車門。

嘴上還叼著那根點燃的菸。

◇

「……」

初白已經不在了，結城獨自在房裡發呆。

自己的房間裡就只有自己一個人。在兩個月前，這本該是再正常不過的光景，如今卻……

「心裡缺了一個口，是不是就是這種感覺？」

那他的心未免也太脆弱了。過去那個每天就只會讀書打工，日復一日還能面不改色的結

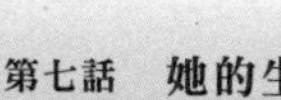

城祐介到哪裡去了？

但也不能一直杵在這裡。

他坐在書桌前，心想：總之先讀點書吧。

可是……

「……啊～不行啊。」

根本無法專心。他看著題庫上的文字，卻只是匆匆帶過，這還是有史以來頭一遭。

他無意間瞄到桌上那本初白寫過的題庫。

初白睡過的棉被擱在房間一角，她煮飯時使用的菜刀和餐具，以及因為觸感舒適而用到現在的那條浴巾。初白帶來的東西應該全都帶走了，這間房裡卻處處是她留下的痕跡。

「去家庭餐廳看書好了。」

於是結城帶著錢包、文具和題庫，就此離開房間。

◇

清水和初白乘坐的車輛，在一棟雙層獨棟民宅前停了下來。

這裡便是他們長年居住的家。

「……我們到家了，小鳥。」

「……」

「喂，快下車啊。」

「……好。」

初白低聲回應，下車後便跟在清水身後。

打開玄關門踏入室內，空氣中就飄散著熟悉的菸草氣味，甚至都附著在牆上了。這明明是自家的氣味，初白心中卻沒有平靜可言。

只要回到結城那個家，就會感受到一股讓人放鬆的暖意。初白心想：兩者的差別到底是什麼呢？

玄關大門「喀嚓」一聲關了起來。

清水直到剛才都盈滿笑意的那張臉，頓時扭曲變形。

「……好了，小鳥。就讓我聽聽妳的解釋吧。」

「……」

儘管知道這麼做毫無意義，初白仍閉上雙眼，咬緊牙關。

隨後，一道猛烈的衝擊狠狠打上她的臉頰。

◇

結城一到家庭餐廳，就碰到兩個熟面孔。

「哎呀，真巧。」

「嗨，結城。」

是大谷和藤井。

看他們桌上放著飲料吧的杯子，冰塊早已溶解見底，可見談得很入神吧。

藤井看著結城手上的題庫問道：

「結城，你幹嘛啊，才剛考完試耶，馬上就要看書啦？」

「……是啊。」

結城有氣無力地回答。

見狀，大谷皺著眉說：

「結城……你那邊出事了吧？」

「呃，沒有……」

「看你一臉鬱悶，怎麼可能沒事啊？最可疑的是，考試都考完了，你怎麼沒跟初白在一起，太奇怪了吧？」

大谷惡狠狠地將視線直射而來，結城完全無法反駁，只能閉口不語。

「放棄掙扎吧，結城。翔子生起氣來可是很頑固的喔。」

藤井聳聳肩說道。

「我也很擔心麻吉的狀況。如果可以，要不要跟我們聊一聊？」

「……啊，說得也是。你們跟初白也很熟了嘛。」

說完，結城就和他們坐在同一桌。

他先點了飲料吧暢飲方案，隨後說起今天發生的事。

起初知道清水是初白的父親時，兩人驚訝地大喊一聲，之後卻不發一語，眼神嚴肅地傾聽結城講述。

結城也對他們倆全盤托出了。

不是只有粗略描述而已，結城把自己的感受也如實陳述。包括清水在初白面前表現出跟平常截然不同的一面，以及初白臨走前明明有心事卻說不出口的模樣。總之他將自己的感受和目前可知的情報全說出來了。

「……原來如此。」

大致聽完後，大谷喝了一口重新去飲料吧拿回來的咖啡。

「總而言之，結城……你是個超級大笨蛋。」

隨後，她毫不客氣地劈頭痛罵。

聽到這意料之外的斥責，結城呆愣地問：

「什、什麼意思？」

「就是字面上的意思，大笨蛋。既然知道初白心裡有話說不出口，為什麼不問清楚？」

「因、因為……」

大谷把咖啡杯放在桌上，繼續說道：

「最離譜的是，你怎麼這麼輕易就同意清水說的每一句話，讓他把初白帶走呢？就算你再遲鈍也想像得到吧？初白她……根本不想回去啊。」

「……」

沒錯，結城的確也這麼想過。

也懷疑過是否有這個可能性。

可是……

「決定權在初白手上啊……」

「結城，你啊……」

「總不能……要她凡事都聽命於我吧。我也不想用強硬的手段逼問她，反正又不是永遠見不到面了。而且清白是初白的爸爸，當然會擔心她的安危啊。還有……還有……」

結城握緊了手上的杯子。

「……既然爸爸還在世，就想跟他一起生活吧。畢竟他不會一輩子都在你身邊……」

「結城……」

藤井曾經看過結城和父親練習的畫面，不禁輕聲低喃。

另一方面，大谷再次拿起杯子，將剩下的咖啡一飲而盡。

「呼……我也能理解你的心情啦。」

隨後，她用彷彿要往桌上敲的氣勢，「喀嚓」一聲放下杯子。

「吶，結城，你下意識對『頤指氣使』這種行為相當排斥吧？我猜應該是你被父親逼著練習棒球的關係。你雖然說不怎麼討厭，卻在無意識間認定這種行為不恰當。你又這麼溫柔，自然不會想對其他人做這種事。」

「……怎麼……」

結城原本想說「怎麼可能」，卻說不出後面兩個字，因為大谷說的這句話完全直搗結城的內心最深處。

的確，結城總習慣避免「指使他人」這種行為。尤其當對方拒絕後，他就會立刻讓步。想和初白牽手時是如此，想麻煩初白做早餐是如此，想送禮物時也是如此，這次也一樣。基本上，他只會慢慢等待對方表示意願，或是提出拐彎抹角的要求，好讓對方有意進行。

「你有事有拜託我的時候，怎麼就這麼不客氣呢？算了，之後再好好跟你算帳。你不願插手干預太多，也不想強迫他人，我覺得這種思維值得嘉許。也正是因為你的體貼，初白在你身邊才能安心許多……可是啊。」

大谷將臉湊近結城說道：

「強制干預也不盡然全是壞事。我們去買衣服的時候，我不是逼你把自己的衣服也買下來了嗎？你覺得我只是在給你添麻煩嗎？」

「……沒有，初白也覺得很開心，還稱讚我很帥氣。所以我很高興……」

「就是這樣。現在也是同樣的道理，因為我剛才逼你實話實說，你才能像這樣對我們坦承一切。」

「……」

「結城，連你都這樣了，何況是初白呢？若沒有強行關心她的狀況，她一定會繼續壓抑自己……這樣一來，她可能又要往下跳了。」

「……妳怎麼知道這件事？」

「幫她選衣服的時候，我從字裡行間聽出來的……對了，既然提到自殺這件事……」

大谷拿出手機按了按螢幕。

「起初我懷疑她在學校遭到霸凌。畢竟她個性如此，我猜她可能不太會跟同學交流，替她選衣服時還看到她身上有瘀青和傷疤，以為也是霸凌所致。可是……我請朋友幫忙調查那間女校的狀況，剛剛那個朋友發了訊息給我。」

大谷將手機放在桌上。

螢幕上顯示聊天室的畫面。

大致內容就是，雖然學校裡沒有姓初白的學生，卻有個學生從兩個月前就沒來上學了。那個人應該就是初白吧。只要用「清水小鳥」這個名字去查，便會發現這個學生就是初白。

然而下方的聊天內容，讓結城懷疑自己是不是看錯了。

「……沒有……霸凌狀況？」

「沒錯。正確來說，一開始確實有些人會去捉弄她，但某天她們半開玩笑地將初白撞倒後，初白整個人摔倒在地，頭部似乎還流血了。」

然而初白當時的反應相當異常。

她臉上淌著鮮血，表情毫無變化，一再重複「對不起」這句話。

「把她撞倒的那些人好像嚇到了，因為她的反應明顯不正常。從此以後，再也沒有人敢跟她扯上關係了。畢竟那裡的學生頭腦不差，我猜她們心裡也很清楚，這種一看就很危險的傢伙不能隨便招惹吧。」

初白在學校受傷的意外，前前後後就這麼一次。

在那之後，儘管沒有刻意忽視她的存在，但大家依舊會跟她拉開距離，只跟她保持最低限度的關係。

「等一下……那初白的傷痕和瘀青……」

跟初白一起讀書時，初白曾說自己的生活就只有上學，放學後還會馬上回家。

若此話不假……那會導致初白受傷的地點和原因，不就只有一個了嗎？

「吶，結城，雖然不知道你爸爸的個性如何，不過在你眼中，初白的爸爸清水像個『好父親』嗎？」

大谷這句話，讓結城再次回想起清水對待初白的態度。

充滿威嚇的言詞、命令語氣，以及難掩憤怒的神情。

雖然結城的爸爸也是如此，本質上卻有明顯的差異……

「喂，結城。」

直到剛才都不發一語的藤井終於開口了。

「我正在接受那個人的指導。他的教法簡單易懂，卻又十分扎實，確實給了我不少幫助。我也總是對他敬佩有加，覺得他的實力果然是前職棒選手。但我總有一個疑問……」

藤井沉下嗓子說道：

「他的眼中毫無笑意。明明總是笑臉迎人，嗓音也很宏亮，那雙眼卻讓人看了心底發毛。」

結城也有這種詭異的感覺。

臉上明明在笑，看起來卻一點也不快樂——總覺得不太想和清水說話的那種感覺，或許就是如此吧。過去初白一直跟這種人生活在一起，現在也在那個男人身邊。

「……初白！」

結城意識到狀況不對，馬上站了起來。

看他神情慌張，藤井開口說：

「清水教練的家，就在市立高中附近那間烤肉店對面，那棟紅色屋頂的雙層獨棟民宅。」

「謝謝你，藤井……對了。」

「嗯？怎麼啦？」

「這樣可能……會給你跟棒球隊的人添麻煩……」

藤井含了一口杯子裡的冰塊，喀啦喀啦地咬了起來。

「嗯～不過……照你的意思去做吧？有問題的話，就用超大杯聖代跟我和解吧。」

說完，藤井微微一笑。

「好，要吃多少杯都可以，我請客。」

留下這句話後，結城便把千圓紙鈔放在桌上，立刻衝出家庭餐廳。

◇

初白認為，人不可能會習慣痛苦。

只會變得連反應痛苦的力氣都沒有。

「死丫頭，居然害我費了這麼大的工夫。」

清水用他骨節分明的大手，狠狠揪住初白的胸口。

「……對、對不起。」

「別以為道歉就沒事了！」

聽到怒吼聲後，初白就被重摔在地。

空氣被擠出肺部，近乎無聲的呻吟從口中流瀉而出。

好痛苦，她卻也喊不出聲。

「我在大熱天跟那群囂張的高中小鬼打交道，妳卻開開心心地跟男人玩得很爽嘛。妳在跟我開玩笑嗎？」

「對……不起……」

「我剛剛不就說道歉沒用了嗎！」

清水像在踢足球一樣，往初白的腹部狠踢一腳。

深到骨子裡的猛烈衝擊，讓初白渾身痙攣。

怒不可遏的清水氣喘吁吁地說：

「哈啊、哈啊……開什麼玩笑……嗯？」

初白摔倒時，書包裡的東西也掉在地上。

清水往書包裡面看了一眼。

「那個方型盒子是什麼？」

是臨走前結城拿給她的遊戲機。

是結城為自己而買，讓她沉迷其中，還跟結城笑著一起玩過的遊戲。

「啊，是廣告上那款遊戲機啊……我知道了，是結城那小子送妳的吧？這種無聊的破東西……！」

清水雙手拿著遊戲機往上舉，似乎想往地上砸爛。

「不行！」

「妳搞什麼！」

初白拚了命衝向清水，從他手中搶下遊戲機。

「……喂，妳剛才是怎樣，小鳥？」

「那、那個，我……」

衝動行事後，初白才發現自己闖禍了。

清水臉上充滿燒得更旺的怒火，往倒在地上的初白走去。

接著狠狠地用腳跟踩了下去。

「嘎……哈……」

初白口中再次發出難以成聲的呻吟。

清水卻沒有就此停止，往初白蜷縮的身子踩了一次又一次。

「怎麼，想跟爸爸造反了是吧？」

他破口大罵，還持續猛踩。

初白根本無法動彈，只能縮起身子忍住痛苦。

儘管如此，她依舊用雙手將充滿回憶的遊戲機緊擁入懷，想保護它不受其害。

「妳以為！妳是、用誰、賺的錢！吃飯的啊！」

父親激昂憤慨的吼叫聲，從頭頂傾注而下。

……在即將失去意識的痛苦之中，初白心想。

為什麼會變成這樣呢？

至少在初白七歲之前，這個家庭還是幸福美滿的。

雖然有時作風嚴厲，但媽媽依然美麗又溫柔。儘管爸爸礙於職棒選手的身分很少回家，不過只要一回來，三人就會到附近的餐廳飽餐一頓。初白最喜歡鬆餅套餐了。當時媽媽抱怨道「這種東西在家裡也能做啊」，爸爸還拚命安撫，讓她印象很深刻。

三個人臉上都帶著笑意。

但在初白七歲那一年，母親在一場車禍中喪生了。

那天她跟媽媽去游泳池，回家路上她纏著媽媽說想吃冰淇淋。結果她不顧媽媽反對，正想穿越馬路跑到對面的超商時，一輛超速的廂型車忽然撞過來。

媽媽立刻衝上前保護初白，結果被車子輾了過去。

雖然被送往醫院急救，不過當爸爸接獲消息趕來時，媽媽已經斷氣了。初白至今仍清楚記得，自己跟臨死前的媽媽說了什麼。

對不起、對不起，都是我太任性了。

那輛廂型車確實嚴重超速，但當時……**行人號誌燈是紅燈**。

衝出去的人是她，所以該命喪輪下的人不是媽媽，而是自己才對……

媽媽用嘶啞的嗓音，對淚流滿面不停道歉的初白說：

『我才要……跟妳道歉……小鳥……妳要乖乖的喔，要代替我照顧爸爸……』

初白將這句話深深地刻進心坎。

知道了，媽媽。

我會好好聽話，努力加油，才能代替媽媽成為爸爸的後盾。

隨後爸爸因為退出職棒，在家的時間也變多了，卻總是躲在房間裡以淚洗面。儘管悲傷隨著時間平息，爸爸卻再也沒有露出笑容。

而且從某一天開始，爸爸就開始對初白嚴厲管教。媽媽還在世時，他從來不曾如此。

『別成天到處玩，認真讀書。』

爸爸對初白這麼說。初白當然也遵照媽媽的遺願，想要用盡全力支持爸爸。

好，爸爸，我會乖乖聽話。

自那天起，初白便捨棄一切娛樂，努力精進學業。可是就算她拚命讀書取得好成績，爸爸仍不肯對她展露歡顏。

『這點家事妳可以幫忙做吧？』

好，我會加油。

那天以來，初白就攬下了這個家的所有家務。

但爸爸依舊不見喜色。

『妳是女人耶，去學做一兩道菜吧。』

好，我會努力。

那天以來，初白就看著媽媽做的料理筆記，認真學習廚藝。她拚命練習，只為了讓父親露出笑容。然而不管做得多美味，爸爸卻總是面無表情默默地吃，從來不曾笑過。

某天，初白在回家路上跟野貓玩到天黑才回家，結果爸爸勃然大怒，直接賞了初白一個耳光。

『別讓我擔心啊！蠢丫頭！』

初白心想，當時爸爸或許是出於擔心，才不小心出手打了她。

但在那之後，爸爸的暴力程度與日俱增。

對她拳打腳踢、賞巴掌，還用菸頭燙她。

這些虐待行徑雖然變成家常便飯，初白卻認為：若這樣能讓媽媽死後就不曾笑過的爸爸心情舒暢一點，那也無妨。

媽媽，妳要在天上看著我喔，我會代替媽媽做爸爸的後盾。

爸爸，我還撐得住，所以再對我笑一笑吧。

時光就這麼匆匆而逝……

直到兩個月前下著大雨的那一天。

初白偶然間完美重現了媽媽過去常做的咖哩飯。

她一直在尋找這個味道。當時媽媽為爸爸做的第一道菜，似乎也是這個咖哩飯。這樣一來，爸爸一定會很開心。

於是初白在晚餐時端出了這道咖哩飯。

爸爸吃了一口就停下動作。

他會不會笑著對我說「很好吃」呢？初白心中充滿期待。

爸爸卻端著盤子，緩緩起身。

『……我都已經失去她了，妳現在是在嘲諷我嗎？還是妳覺得自己可以代替她的位置？』

說完，他便把整盤咖哩連同盤子扔進垃圾桶。

初白的腦海頓時一片空白。

之後爸爸又像平常那樣對她又吼又打，但她已經沒什麼印象了。

只是這件事讓她明白，自己所做的一切都是徒勞。

她開始思考，自己過去的生存意義到底是什麼？居然這麼煎熬、痛苦又難受。

……哪怕只有一會兒也好，真想得到解脫。

所以她回過神才發現，自己已經將最低限度的物資裝進書包，離家出走了。

她步履蹣跚，四處徬徨，才驚覺已經走上廢棄大樓的屋頂。

跨過圍欄後，她看著腳下。

啊，好像能解脫了。

她帶著這個單純的想法，將身體傾斜，彷彿被地面吸下去似的……

就在此時，她聽見了聲音，跟自己年齡相仿的男孩子的聲音。

「……初……白……」

沒錯，正是這個帶點溫柔又沉穩的嗓音。雖然隱約有這種感覺，可是說不定從那個時候開始，自己就被那個人深深吸引了。

「初白！」

「……咦？」

滿身大汗、氣喘吁吁的結城，居然站在起居室的入口。

◇

時間往前回溯大約十分鐘。結城在上坡路奮力奔跑，目標是附近的那間市立高中。

快喘不過氣了。

啊，該死，我的耐力退步了。

陡峭的坡度，加上日落後依舊悶熱的柏油路面，正緩緩奪取結城的體力。

腳已經快要沒感覺了。

但他依舊繼續奔跑。

擺動雙臂，拖著沉重的身軀不斷往前。

為什麼要做到這個地步？

那還用說。

（因為女朋友在等我啊……）

仔細回想，打從一開始，初白就對外人的觸碰異常恐懼。隔著制服也清晰可見的瘀青和傷疤，以及害怕給人添麻煩到不尋常的地步。

一看就知道她扛著某種沉重的過往。

可是……

初白卻還是那麼溫柔，用盡全力回應結城的心意。

就連「美少女死了太可惜，不如跟我交往」這種一時衝動說出口的愚蠢告白，她都願意接受，只因為結城毫不掩飾的心意讓她很開心。

聽到結城想跟自己牽手，儘管心懷恐懼，還是握住了結城的手。

每天為結城張羅美味的餐點。

最重要的是……

整段青春歲月都被讀書和打工填滿，戀愛技巧拙劣無比的結城，總想盡辦法用自己的方法逗初白開心。

結城笨拙的思考方式，總被大谷嘲笑太過難懂。

初白都願意明白、理解，並露出笑容。

世上還有比這更令人喜悅的事嗎？

世上還有比她更溫柔的女孩嗎？

所以結城才要用盡全力奔跑。

再等一等，我的女朋友，我馬上過去。

爬上坡後，就能看見市立高中了。從順時針方向環視學校外圍一周後，結城看到一間黑色招牌相當醒目的烤肉店。

烤肉店對面……找到了，紅色屋頂的獨棟民宅。

門牌上寫著「清水」二字。

結城用盡剩餘的體力跑到玄關口，正準備按下電鈴時，隱約聽見房裡傳出清水的怒吼和巨大聲響。

想都不用想就知道發生了什麼事。

他立刻將手搭上玄關大門，發現門沒上鎖。

打開玄關門後，結城往傳出聲響及怒吼的起居室狂奔。

結果映入他眼簾的……果然是意料中最淒慘的一幕。

「初白！」

回過神來，結城已經吼出聲了。

「……結……城？」

初白臉色慘白地蹲在地上，全身被清水狠狠踐踏。

此刻的狀況再明白不過。

結城頓時怒火中燒。

「該死的清水……馬上拿開你的腳。」

「哎，真服了你。非法入侵可是犯罪啊，結城同學。」

清水聽從結城的指示，將腳從初白身上移開並這麼說道。

他還是平常那種笑嘻嘻的模樣。然而就像藤井方才所言，他的眼神中毫無笑意。

結城打從心底想著：你哪有資格罵我犯罪啊？

「結城……你怎麼……」

「這還用問嗎？因為我是妳男朋友啊。別讓我說那麼多次。」

結城用溫柔的嗓音這麼說，接著轉頭正視清水。

「啊～結城同學，這是我們的家務事。雖然你是男朋友，終究還是局外人啊，隨便干預也會造成我們的麻煩……」

混帳東西……都什麼時候了，還敢這麼厚臉皮啊。

結城憤恨地咬緊牙關。

「……你知道自己在做什麼嗎？」

結城開口質問，嗓音跟剛才和初白對話時截然不同，滿是嚴厲的指責。

清水卻面不改色地說：

「你問我在做什麼？我就是……在管教啊。」

「你說……管教？」

「對啊，就是管教。沒跟父母報備行程就離家出走，兩個月都沒去上學，還借住在男人家裡。我在教育這個壞丫頭，要她以後不能再犯這種錯。這樣有什麼問題嗎？」

根本沒提出失蹤協尋的父母，還敢大言不慚啊。應該只是擔心虐待初白的行徑敗露而已吧。

「你說這種把人往死裡打的行為是『教育』？別開玩笑了。」

「這是教育方針。要管教不聽話的孩子，這點程度算是很正常了。這是清水家的一貫作風。」

清水絲毫不覺愧疚。

這個男人沒救了。

雖然結城的爸爸也是支持適度體罰的人，這個男人的做法卻極度偏差。

結城認為沒必要多費唇舌了，便開口說道：

「……這些話留到警察面前再說一次吧。」

清水的眉毛一挑。

沒錯，被結城看到施暴現場的那一刻，清水就已經玩完了。儘管他一再詭辯，既然他在初白身上留下這麼多明確的證據，應該也無法找藉口開脫了。

清水「呼～」地嘆了口氣。

當結城以為他要放棄抵抗時——

「你要報警嗎？好啊，隨便你。」

「什麼……？」

他的態度實在不像被逼入絕境的人，讓結城疑惑地蹙緊眉頭。

清水朝著結城緩緩走去。

他的動作雖然緩慢，但身高將近一百九十公分的魁梧成人逐漸逼近的感覺，依舊魄力十足。

不久後，清水便來到結城眼前。

隨後——

結城的腹部頓時竄過一股悶痛的衝擊。

「呃……」

清水毫不留情地用膝蓋往結城腹部一踢。

「咕……啊……」

內臟哀鳴四起，嘴裡發出了嗚咽聲。

他本來想開口問「你在做什麼」，卻因為橫膈膜痙攣而說不出話。

清水又狠狠地對結城揮出右拳。

這次是太陽穴感受到衝擊，還伴隨著骨頭嘎吱作響的聲音。

結城雙膝一跪，癱倒在地。

「結城！別這樣，拜託快住手啊，爸爸！」

初白悲痛的慘叫聲響徹了整間房。

結城費盡全力撐起上半身看向清水，視線卻因為眼睛滲血而模糊不清。

看樣子應該是頭部流血了。

在滲血的模糊視野中，能看見清水由上往下俯瞰的神情。

還是那副眼中毫無笑意的虛假笑容，彷彿缺少了某種人類該有的重要情感。

「啊，好啊，想報警就報吧。相對地，我會將這一切公諸於世，也會跟校方報備喔？包括我是如何虐待小鳥，還有你們這兩個月同居的事實。」

「這……」

看到結城頓時語塞的樣子，清水勾起嘴角，更進一步地說道：

「這樣好嗎？會給周遭的人添麻煩喔？優待生的資格怎麼辦？雖然你們都是高中生，不過在用學校的租金補助租的房子裡同居，應該不太好吧？就算堅稱沒有不純的異性關係，但大人們是不會相信的唷。最慘的狀況就是退學……至少你一定會被踢出優待生名額啦。我這個教練因為涉嫌虐待被逮捕的話，棒球隊自然就會長期停止活動，你的好朋友藤井同學就去不了甲子園了呢。」

「藤井？那傢伙才不在意這種事——」

「啊，你好像沒聽說吧。最近藤井同學幾乎每天都會練習，直到不得不離開學校的時間為止呢。」

藤井那傢伙……從來沒對他說過這些啊。

「你應該也是為了將來的夢想，才會拚命努力到現在吧，而你朋友藤井同學也打算認真練習棒球了。他一定很想踏上甲子園吧，畢竟是從小學就一路喜歡到現在的棒球嘛。況且，你是不是忘了最重要的一件事？」

清水抓住倒臥在地的初白的手，硬是將她拉了起來。

「你是不是也該考慮一下小鳥的心情？要是她長期受虐的事實被公諸於世，就會對你和藤井同學造成無可挽回的傷害喔？這孩子應該不希望這種事發生吧？是不是啊，小鳥？」

被他這麼一問，小鳥緩緩點頭。

「那妳就得拜託結城同學嘍。」

「……結……城……」

初白奮力擠出嘶啞的嗓音說：

「謝謝你……過來關心我……光是這樣……我就已經非常開心，你有這份心意就足夠了……」

「初白……」

「結城，因為你很善良，才更不能給你添麻煩……我沒事，畢竟就是這麼一路走過來的……」

初白滿是傷痕的身體不住震顫，卻帶著笑容這麼說。

「……我覺得……醫生這個夢想真的很偉大。我會永遠支持你。」

聽起來就像此生永不相見的訣別。不對，她這番話的用意，確實就是往後不打算再見結城了吧。

啊，他都明白。

他自始至終都明白，初白就是這種女孩子。

她的父親清水一定也知道，才會如此老神在在吧。

「就是這樣，結城同學。」

清水拿出一根菸，點燃後叼在嘴上。

「好啦，冷靜一點吧，結城同學。為一個女人拋棄努力至今的成果，未免也太蠢了吧？除了小鳥之外，這世上還有好幾十億的女人。想談戀愛的話，就徹底忘了小鳥，重新再找一個不就得了？這才是明智的生存方式。」

「……原來如此。清水，我懂你的意思了。」

結城嘆了口氣，用冷靜的嗓音說道：

「我的確是為了醫生這個夢想才努力到現在。要是和初白同居的這兩個月，被充滿惡意的方式報給校方，我一定會失去優待生的資格。這樣一來，我這個窮小子就得離開那間學校了。」

「嗯嗯，說得沒錯。過去的努力就會化為泡影喔。」

「藤井那傢伙也是。我現在有點欣慰，那小子終於肯全力以赴了。他一定會變成非常優秀的選手，我也想打從心底為他加油。」

「是呀，他很有才華。如果你也願意加入，他真的會以甲子園為目標。以我這個前職棒選手來看，他的熱情是無庸置疑的。」

「而且……我也知道，初白絕對不希望自己害我們的夢想白白斷送。就因為她這份體貼，我才會深深愛上她。」

「你明白就好。好了，趕快回去吧，結城同學。回去以後便把小鳥忘了，恢復以往的生活方式。」

清水對結城已經無話可說，於是轉頭看向初白。

那張扭曲的面容寫滿了惡意。

「好了，小鳥，我們繼續吧，話還沒說完呢。這次要給妳格外痛苦的懲罰。把嘴巴張開，我要讓妳嘗嘗刻骨銘心的痛楚，免得妳下次再重蹈覆轍。」

說完，清水就拿出叼在嘴裡的菸。

準備用熱燙的菸頭刺上初白的舌頭。

就在此時——

「——未免太小看我了吧，你這王八蛋。」

啪嘰。

清水的身體遭受來自一旁的衝擊，直接摔倒在地。

「咕、啊！什、什麼……」

清水對突如其來的意外感到困惑。

結城低頭看著他，並將剛才揍飛清水後還隱隱作痛的右拳握緊。

「初白，妳沒事吧？」

結城蹲在初白身邊，溫柔地撐起她的身子。

「……結城……為……什麼……」

見初白一臉不可置信，結城說道：

「就說別讓我說那麼多次了。我不是妳的男朋友嗎？」

「臭小子……」

清水腳步踉蹌，好不容易才站了起來。

臉上甚至連虛假的笑容都蕩然無存，而是因為憎恨歪曲變形的嘴臉，完全表現出這個男人的本性。

「媽的，結城，你找死啊！你知道嗎？只要我一出手——」

是啊，我當然知道。

我會被剝奪優待生資格，無法繼續留在學校。

藤井好不容易開始認真練球，打進甲子園的夢想卻要被迫中止。

初白也會因為這股罪惡感受盡折磨吧。

可是……

「那又如何？」

結城說得斬釘截鐵。

「什麼！」

清水大驚失色，初白卻比他還要震驚。

「不、不可以，結城！」

「是嗎？要當醫生的話，就算去不了學校也有其他方法可以解決吧，去考高中學力鑑定就行了。還有，其他棒球隊成員跟我無關，但我會一直請藤井吃超大杯聖代賠罪，直到他肯原諒我為止。」

「怎麼可以……」

初白搖搖頭。

「不行……結城，你不是拚命努力到現在了嗎？」

「是啊，所以只要更努力就好了。而且初白，妳應該會像現在這樣被罪惡感苦苦折磨，可是……」

沒錯。對初白來說，這或許是最令她無法承受的苦痛，甚至遠勝於父親的暴力。

然而……

結城勾起嘴角得意一笑。

「我不想管了。」

「……什麼？」

初白愣住了。

喔，好像很久沒看到她這種可愛的表情了。

「我不會再顧慮初白的心情了。老是要配合妳這種體貼，根本沒完沒了。所以我決定，想拯救妳的時候就擅自出手。而且我已經揍了清水一拳，現在才說這些也太遲了。妳就放棄抵抗，接受我的幫助吧。」

「……」

初白目瞪口呆，嚇得說不出話來。

嗯，我的女朋友連這種表情都這麼可愛。

「還有什麼？啊，長期受虐這件事公諸於世後會怎樣？以後會嫁不出去嗎？那就更簡單了。」

結城牽起初白的雙手說：

「到時候就嫁給我，可以吧？」

「咦？好、好的，你不介意的話……呃，咦？」

「好，這樣就全部解決了。」

結城雙手環胸低吟了一聲，又對初白露出笑容。

「怎麼樣，初白？這就是耍任性的方法，厲不厲害？」

「結城……你真的……老是這樣……」

「你在開玩笑嗎，王八蛋！」

清水摀著被揍了一拳的右臉頰放聲大吼。

「才不是在開玩笑，基本上我無時無刻都很認真。還曾經因為太過認真，在體育課被警告要學會察言觀色，非常死心眼。你簡直錯得離譜。你剛才是不是說世上的女人多得是，為她犧牲累積至今的成果太愚蠢了？」

給我聽好了，混帳東西。

「正好相反。生活方式和完成夢想的方法多得是，初白卻只有一個。遇見她以後，我原本灰暗的世界才變得多彩繽紛。如果沒吃到她做的飯，睡前沒有和她溫存，我便會提不起勁。所以她根本無可取代。」

聽到結城這番理直氣壯的宣言，清水的憤怒似乎飆到最高點。他用幾乎能發出聲響的力道猛搔頭髮，並對初白說道：

「這種戀愛腦的白痴沒救了，根本說不通。喂，小鳥！妳自己說！親口告訴他所做的一切只會給妳添麻煩！」

結城看向初白，她渾身都在發抖。到目前為止，初白可能從來不敢違抗父親這種因為氣憤隨口說出的命令吧。

所以結城用堅定的嗓音向初白訴說：

「吶，初白。雖然已經說過好幾遍了，但我還是要再說一次。我希望妳可以再任性一點，也希望妳能說出自己想做的事。我一定會盡可能完成妳的要求，好嗎？」

初白雖然迷茫了一會兒，卻還是緊緊閉上眼睛。

當她再度睜開眼時，眼神中已經充滿堅定無比的決心。

「……好，結城。我要……試著任性一回。」

初白直盯著清水的雙眼。

結城的手忽然感受到一股熟悉的暖意。

（……可以牽著我的手嗎？）

（啊，當然可以。）

只見初白深吸一口氣，接著用微弱的嗓音……

（……媽媽，對不起。）

低喃了這麼一句。

「怎麼啦！快點說啊！不聽爸媽的話了嗎！」

「——我不要！」

初白用發自丹田，也是這輩子最大的嗓音奮力一吼。

「什麼！」

「我不想跟你在一起！我想跟願意開口說愛我，對我呵護備至的結城在一起！所以我不想聽你的話！」

力量十足的堅決嗓音響徹了整間房。

結城臉上不禁浮現一抹笑容。

啊，終於從初白口中聽見她的真心話了。

清水頓時腳步踉蹌，彷彿被這道嗓音所震懾。

「……小鳥，妳……怎麼連妳……」

「喂、喂，清水，你怎麼了？」

清水的反應明顯異常。

他體內的生氣被瞬間抽空，方才怒火中燒的模樣彷彿只是虛構似的。神情變得茫然空洞，眼神還無法聚焦。

「啊，喂！你要去哪裡啊！」

清水就這麼踏著蹣跚的步伐走出家門，不知要走去哪裡。

「……」

「……」

清水離開後，結城和初白沉默了好一陣子，完全說不出話。

四周恢復平靜，剛才那場鬧劇彷彿從未發生。

初白卻忽然渾身乏力。

「喂，妳沒事吧？」

「嗯……我沒事，只是有點腿軟。」

初白似乎精疲力盡了。

這也難怪，畢竟剛才一直受到清水的暴力迫害。

儘管如此，她的表情竟變得明朗許多。

「結城，我……說出來了。」

初白有些驕傲地這麼說。

「是啊。」

「終於說出來了。」

「是啊。」

「因為結城在我身邊，我才能鼓起勇氣。我知道你一定會陪著我，所以才說得出口……」

說到這裡，初白停了下來。

隨後，她的眼眶泛出了淚水。無須透過言語也能明白，她那緊抿的嘴唇似乎在拚命忍耐著什麼。

見狀，結城再次體會到一件事。

沒錯，初白真的盡力了。她努力鼓舞膽怯的心，幾乎用盡全力。

結城根本無法壓抑湧上心頭的這股衝動。

「吶，初白。第一次想跟妳牽手卻沒能成功的那一天，妳還記得我說了什麼嗎？」

「……咦？」

結城張開雙臂，環住初白的身體。

然後緊緊地……

用溫柔卻強勁的力道，將她擁入懷中。

「結……城？」

「……妳明明很害怕，卻還是非常努力呢。」

「……嗚嗚。」

初白發出嗚咽的哭聲，豆大的淚珠從她眼中滾滾而下。

「我好怕、我好怕……」

「是啊，妳真了不起。」

在結城臂彎中震顫不已的那副身子雖然纖瘦，卻柔嫩又溫暖，還帶著淡雅的香氣。

結城心想「真想抱著她一輩子」，並溫柔輕撫初白的背，直到她不再哭泣為止。

初白哭了一會兒，恢復平靜後才發覺一件事。

「……結城，你是不是也在發抖？」

「啊，被妳發現啦？其實我怕得要命呢。」

說了那麼多英勇台詞，簡直快沒臉見人了。

不過，要面對隨隨便便就會施暴的成年人，正常來說都會害怕吧。清水那傢伙雖然退役了，身材依舊相當魁梧。

結城還想著這些事，身體就被一股溫熱的暖意包圍。

原來是初白抱住了結城。

「這是回禮。你明明很害怕，卻還是非常努力呢……」

她把結城剛才說過的話又說了一遍。

……不行，我不能哭。在這種狀況下嚎啕大哭的話，未免也太丟臉了。

啊，糟糕，有點泛淚了。

要是不趕快放開她，感覺就快哭出來了……但我又不想放開她。

最後結城終究還是敗給了初白的溫柔，忍不住在她懷裡哭了一會兒。

◇

清水像夢遊症患者一樣踏著茫然的腳步，在夜路上四處亂走。

「……我的人生應該要一帆風順才對啊。」

國小接觸棒球後，他立刻將才能發揮得淋漓盡致，因此國高中就登上第四號先發的寶座，甚至在甲子園大賽挺進準決賽。

所有人都對清水讚譽有加。於是他在職棒選秀會中第二輪就被相中，加入東京的球隊，第一年就榮升一軍的投手位置。

他與妻子初白黑羽相識並結婚，隔年還生了孩子。就算撇除家人的偏心濾鏡，這孩子依舊相當可愛，跟妻子的長相如出一轍。

他擁有了一切，完全就是「一帆風順」的代名詞。

所有事都順著清水的心意走。

然而這一切都因為他的肩傷逐漸崩毀。

在他加入職棒第八年時，肩膀就舉不起來了。他卻勉強自己繼續投球，以為總有辦法解決，結果這次變成手肘和股關節受傷。

到昨天為止都對清水極力讚揚的媒體、粉絲和教練們，曾幾何時便對他不聞不問。

兩年後，清水被踢出正式球員名單，他也明白自己沒辦法投出像樣的球路了。

不過在職棒的世界裡，這也是無可避免的結果。身邊還有始終聲援自己的妻子和可愛女兒，還是忍下這股不甘，好好經營第二段職涯吧。

才湧現這個念頭沒多久，意外就發生了。他記得自己看到妻子的遺體時，只能終日以淚洗面。

可是他還有女兒要養，必須讓自己振作起來。

（……好好看著吧，黑羽。我會好好守護我們的寶貝女兒。）

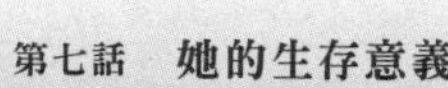

他的新工作是地方食品製造商的業務員。

這條路卻不像棒球那般順遂。每天就是到處挨罵，對周遭低聲下氣，回到家後還得面對育兒及家務，總是事與願違。不久前那種人人稱羨的職棒選手生活，如今卻像一場夢。最後他沒撐多久就離職了。

回過神來，清水才發現自己一無所有。

每天過得都像行屍走肉一般。

就在某一天，當他看到女兒一直在客廳看電視時，他才心想：這麼說來，這個家已經沒有母親了，自己也該對這部分留點心。

『別成天到處玩，認真讀書。』

他說完這句話後，女兒便立刻關掉電視，而且自那天起就只會乖乖待在家裡讀書。

又有一天，清水覺得洗碗這件事麻煩透頂。

『這點家事妳可以幫忙做吧？』

他心情煩躁地隨口一說，女兒就開始幫忙洗碗。不僅如此，她從那天以後還攬下了所有家務事。

……啊。

只有這丫頭還會順著我的心意行事。

當這個念頭閃過腦海，情況就一發不可收拾了。

不管如何命令、痛罵，還是又踢又踹，女兒都不會有任何怨言，乖乖地完成他的要求。

啊，原來我依舊高人一等。

這也是理所當然的嘛。

畢竟是我養大的，是用我的錢讓她吃飽穿暖養大的，她當然要讓我稱心如意。

可是剛才——

『——我不要！』

清水卻被那個女兒拒絕了。

那一瞬間。

眼前的少女看起來不再是對自己言聽計從的人偶，而是活生生的人。

看起來就是個女孩子，是自己對亡妻承諾過會好好保護的寶貝女兒。

我……怎麼會……

不對，我是為了女兒好。不，不對，我是為了自己，才把那小子和寶貝女兒……

回過神來，清水才發現自己從那個地方逃走了。

「我……我之前……都幹了什麼好事……」

就在此時。

有人迎面撞上了他。

「痛死了，混帳。」

對方是兩名男子，一個染金髮一個剃光頭，看起來都不好惹。

他的腹部傳來一陣強烈的衝擊，看樣子是被踹開了吧。

「……唔……」

清水痛苦地雙膝跪地，那兩人卻毫不留情地持續對他施暴。

好痛、好難受……啊，難道我一直在對那孩子做這種事嗎？

「喂，臭老頭，你走路不長眼啊？」

金髮男扯著清水的頭髮，把他拉了起來。

「……」

「喂，怎麼不說話？」

「算了，先把錢包交出來吧，這樣我們就放你一馬。」

「……走路不長眼啊。」

「啊？」

「你說什麼？」

「……是啊，真的是走路不長眼呢。」

清水的右拳「喀嘰」一聲揍向金髮男的臉。

「……咕噗！」

金髮男噴出鼻血，跪了下來。

「混、混帳東西，你想怎……喔噗！」
光頭男話還沒說完，也跟著被揍倒在地。
清水兩眼含淚，將倒地的光頭男狠狠踹開。
「喂！快告訴我啊！」
清水踹了又踹，就像過去對女兒施暴那樣。
「這一路走來！我的眼睛！到底長在哪裡啊！」
「混帳王八蛋————！」
金髮男起身後，往清水直衝而來。
手上還握著一把閃著銀光的銳利刃器。
「去死吧啊啊啊啊啊啊啊啊啊啊啊啊啊！」
鮮血在柏油路上噴濺四散。

◇

清水因為防衛過當被逮捕了。
凌晨時分，負責此案的男律師致電清水家告知了這個事實。
清水昨晚似乎在路上和兩名男子起了爭執，其中一人持利刃攻擊清水，在雙方扭打的過程中，利刃卻刺進對方心臟，使其不治身亡。

由於對方是兩個人，又率先發動攻擊，最重要的是對方還拔刀襲擊，因此清水的刑責似乎相當輕。但因為涉及傷亡，清水也承認自己反擊過當，或許仍需接受刑法判決。

初白先回到結城家過了一晚後，才和結城一起去會面。

「嗨，你們昨晚有睡好嗎？」

在接見室玻璃另一頭的清水，該怎麼說……就像擺脫了心魔似的。

明明才過了兩個晚上，他卻變得憔悴不堪，有種老了十歲的感覺。

「清水，你……」

「哈哈哈，別用那種同情的眼神看我嘛。這一切都是咎由自取……」

說完，他有些自嘲地笑了。那抹笑容自然不造作，眼中再也沒有先前那種令人反感的感覺。

表情相當平靜。

清水放低音量，只用結城他們聽得見的聲音說：

（……放心吧，我沒把你們的事說出來。）

「這……嗯，謝謝你。」

「……爸爸。」

站在結城身旁的初白，語帶憂心地開口道。

「哈哈，妳還叫我爸爸啊。沒關係，小鳥，把我罵得狗血淋頭吧。」

初白卻搖搖頭。

「不行，爸爸就是爸爸。過去的傷痛雖然不可能遺忘……但你還是將我養大的人，對我來說很重要。」

「……小鳥。」

「等你出獄後，我們一起吃頓飯吧。我會做好當時那份咖哩飯等你回來。」

聽到這句話，清水抬起頭並以手掩面。

他做了幾次深呼吸，才再次看向初白。

「呼，妳未免也太善良了，這點跟妳媽一模一樣。」

他眼眶有些濕潤，應該不是錯覺吧。

「不過，下次我一定要好好享用那道咖哩飯……」

「……好。」

初白帶著一抹微笑開心地說。

隨後這對父女聊了一會兒。但清水看了時鐘一眼，對初白說道：

「……啊，不好意思，小鳥，我想跟結城同學單獨聊聊。雖然時間有點早，不過妳可以先迴避一下嗎？」

「咦？好，我知道了。我會再來探望你。」

「偶爾來就行了。妳要好好照顧自己啦，這才是最重要的。」

「……才不要呢，我要經常過來看你。」

說完，初白冷哼了一聲。

看到初白的反應，清水驚訝地愣在原地。

初白對監視人員鞠躬致意後，便走出房間。

「……」

「喂，清水，你要愣到什麼時候？」

「啊，呃，抱歉。小鳥居然會說那種話……那孩子還真固執。」

「是不是超可愛？那可是我的女朋友呢。」

「……哈哈哈，真是敗給你們了。」

清水說著說著，笑了起來。

啊，這次的笑容毫無虛假，是真的在笑。

之後也讓初白看一看嘛。

「那你要跟我說什麼？」

「啊，這個給你。」

語畢，他將一本銀行存摺交給結城。

「我有好幾個用來存放職棒時期契約金的帳戶，這是其中之一。前陣子你對小鳥照顧有加，這是一點心意。」

「我跟初白不一樣。就算你給我這種東西，我也不會原諒你。」

「若真想求你原諒，我就會在小鳥面前交給你了，這樣的話你也不好開口責備吧？不過，小鳥那丫頭居然說原諒就原諒，讓我有點過意不去，拜託你一定要恨我一輩子。」

「……這樣啊。」

結城打開存摺確認數目。

「……喂，這金額是不是多了一位數啊？再怎麼說，這也……」

「太多了嗎？那就等小鳥有需要的時候再拿出來用吧，這樣我會很高興的。對了，密碼是1111。」

「密碼的安全性有夠低，你也太隨便了吧。」

「不是隨便決定的啦……」

清水對歪頭不解的結城說：

「十一月十一日是黑羽……小鳥媽媽的生日。」

清水帶著自嘲的笑容說道。

「密碼這種東西其實可以改啦，只是，嗯，就是不太想改。」

「……喂，清水。『世上的女人多得是，痴心守著一個人太愚蠢了』，這話可是你自己說的。」

失去初白的母親時，清水才二十八歲。雖然從球壇引退了，存款仍十分可觀。只要他想再討個老婆，應該隨便找都有吧。

「誰知道呢……忘了那句話吧。」

「是嗎……好吧，我就懷著感激收下了。」

結城將存摺收進口袋。

這時監視人員正好對他們說「時間差不多了」，結城便起身離開座位。

「結城同學，我可能沒資格說這種話……」

最後，清水深深低下頭說：

「小鳥……就拜託你照顧了。」

「好，放心交給我吧。你也要好好注意身體喔。」

◇

「爸爸跟你說了什麼？」

回家路上，初白對結城拋出這個問題。

「嗯？啊～聊了點男人的小祕密。」

「呵呵，什麼意思呀？」

說完，初白輕笑了幾聲。

「……」

她的笑容卻藏著幾分陰鬱。

「吶，初白，看到清水被逮捕，妳還是耿耿於懷嗎？覺得是自己造成的？」

「這……嗯，有一點。」

「沒這回事——哎，說這種話也沒辦法讓妳釋懷吧。」

結城也覺得對藤井十分虧欠，之後打算拚盡全力感謝他。

「是啊……我的個性就是這樣嘛。」

這時，初白停下腳步。

「吶，結城，昨天我跟你說過媽媽的事吧？」

「嗯。」

昨天一整天，結城已經從初白口中大略得知了她的過往。

「那天就是因為我太任性，才害媽媽離開人世。從那天起，我便決定代替媽媽做爸爸的後盾。爸爸的幸福是被我奪走的，所以我想替他找回來，那就是我的生存意義。結果卻變成這個樣子……」

初白現在也是泫然欲泣的表情。

真是的……清水說得沒錯。她實在太善良了，讓人放不下心。

結城張開雙臂，將初白擁入懷中。

就像兩天前那樣，溫柔卻堅定的擁抱。

「吶，初白，還有我在啊。」

「……結城……」

「是妳讓我嘗到了幸福的滋味。未來妳也要繼續讓我幸福喔。」

「……好的。」

初白也用手環住結城的身體，兩人緊緊相擁。

輕柔的暖意環繞在他們身邊。

初白將臉埋入結城的胸口，並開口說：

「我終於……找到生存的意義了。」

「是嗎……那就好……」

結城用溫柔的嗓音回答。

「可是啊，妳也不能只為我而活……未來還要尋找各式各樣的樂趣喔。」

沒錯，初白的人生才剛開始。她的選擇不再是代替母親的身分而活，而是依從自我意志，做自己想做的事。如此理所當然的人生，才正要起步。

「好。但我一個人會有點害怕，所以結城也要陪著我喔。」

「啊，那當然。在我身邊的人，也一定得是妳才行。」

探監。
……清水。
……爸爸。
ザッ
……啊。
嗨。
你們昨晚睡得好嗎？

尾聲　灰色少年和女朋友

結城祐介一如既往，在鬧鐘響起前沒多久就醒了。

他像平常一樣靜靜地關掉尚未響起的鬧鐘，換上制服吃早餐。

他用之前就買好的超商飯糰和果菜汁解決，這跟平常沒什麼兩樣，也沒說「我要開動了」和「我吃飽了」這兩句話。

吃完早餐後，他便直接帶著書包出門。今天會用到的課本和文具，早在前一天就放進書包裡了。

他沒說「我要出門了」。畢竟也無人可說，自然沒有必要。

今天也要一如往常地默默用功讀書，朝醫生的夢想邁進。就這樣而已。

於是結城出發前往學校。

「——這個夢真令人懷念。」

吃早餐的同時，結城這麼說。

清水被捕後，又過了一個月。

暑假也結束了，今天是新學期第一天。

「這樣啊……是和我相遇之前的結城嗎？」

小鳥坐在桌子另一側，俐落地吃著烤魚這麼說。

一個月前被清水施暴的傷早已痊癒，沒有留下一絲痕跡。

而且小鳥身上穿著結城學校的制服。

校長和清水是交情頗深的友人，在那之後也幫了結城他們不少忙。「我在他身邊卻沒及早發現，真對不起。」校長向小鳥道歉後，也順便建議她是否要轉學到這間學校來，畢竟流言蜚語早已傳遍了她目前就讀的女校。

小鳥接受校長的提議，通過入學考試後，便以小結城一屆的學妹身分，和他變成了同校學生。

「是啊，該說是冷冰冰的感覺嗎……明明只是三個月前的事，卻讓人十分懷念。」

「冷冰冰？」

「嗯，有點像行屍走肉吧。感覺就像一具機械，只會默默地為單一目標行動。但現在的我找到了生存的意義，就是像這樣和小鳥在一起，吃著妳為我做的早餐。」

順帶一提，小鳥和結城住在同一棟公寓，也就是隔壁房。

所以他們還能像這樣一起吃早餐，晚餐及睡前的牽手溫存時光也一如往常。儘管要同床共被仍有點困難，不過除此之外幾乎都跟過去同居時一模一樣。

「還有小鳥早上對我說早安，回來時對我說歡迎回家，一起散步，睡前牽著彼此悠閒度過。」

「你的生存意義太多了吧？」

「跟小鳥有關的事，就是我的生存意義。」

「……」

……呼，說得真好。

結城如此心想。

他和小鳥已經交往三個月，終於可以用認真的表情，不，雖然依舊有點害羞，但總算能在不緊張的狀態下說出這種肉麻的台詞了。

好啦，小鳥，給我一點可愛又嬌羞的反應吧。

結城充滿期待，小鳥卻拿起他眼前那杯手作牛奶布丁，用手上的湯匙舀了一口送到結城面前。

「來，結城。」

「……什麼意思，小鳥？」

「因為你說這些話逗我開心，所以我餵你吃一口。」

……什、什麼！

餵他吃一口。這麼說來，小鳥從來沒做過這種事。

「不要嗎？」

小鳥微微歪著頭問。

……太可愛了吧，這傢伙。

「要。」

「那就乖乖聽話，張開嘴巴～」

於是結城張開嘴，將小鳥用湯匙舀起的牛奶布丁吃進嘴裡。

依舊是不會太甜的清爽滋味，堪稱一絕。然而就其他意義而言，現在的甜度其實有點超乎想像。

「好吃嗎？」

結城老實地點點頭。

啊，該死，想也知道好吃啊，太幸福了吧，這傢伙。

結城滿臉通紅地動嘴嚼了嚼。

「呵呵，你吃得津津有味呢，謝謝你。」

見狀，小鳥輕笑出聲。

「好啦，該收拾收拾準備去學校了，結城。」

小鳥這麼說並站起身。

唔嗯～本來想讓小鳥害羞，結果卻被反將一軍。

可惡……她進步了啊……嗯？

「妳耳朵是不是紅了？」

「你、你在說什麼啊？」

說完，小鳥依舊背對結城，還想用雙手摀住耳朵。

「……妳一定也害羞了吧？轉過來讓我看看。」

「……唔～」

小鳥低吟一聲轉過身子，兩頰氣鼓鼓的，紅潤程度完全不輸結城。

「好，既然被我發現了，我也要餵妳吃一口。」

「好了好了，我要收餐具了～」

「啊，別想逃啊，小鳥。」

（……啊，好幸福。）

這便是結城全新的日常生活。

這些平凡無奇的日常互動，每天都在他與小鳥之間上演。

結城心想：

以往獨居時的早晨時光，就只是收拾東西走出家門而已，沒想到也能這麼快樂。

那一天，也就是遇見小鳥的幾天前，他心中莫名燃起想要女朋友的渴望，或許正是無意間在尋求這種溫暖吧。最近他總是這麼想。

「咦？這麼說來，那封信是什麼？」

小鳥準備將結城疊好的餐具拿到廚房時，看到桌上放著粉紅色的信紙與信封，於是開口詢問。那一看就不是結城會喜歡的顏色。

「嗯？啊，妳說這個嗎？」

結城將信紙收進信封，並開口說道：

「算是定期報告吧。」

◇

在那之後過了幾天。

住在老家的結城母親收到了兒子的來信。

她規定兒子每個月都要在這些信紙努力寫下近況報告寄回來。

這是結城離開老家時，母親對他提出的條件。

以往的近況回報信，總是鉅細靡遺地交代了結城的成績、身體狀況、存款變化等公式化的訊息，很有結城的風格。母親心想「我要看的才不是這些呢」，對他的來信變得興趣缺缺。

這天寄來的信卻截然不同。

那封信的開頭是這麼寫的：

『媽：

我有女朋友了。

我交到女朋友嘍。

是全世界最棒的女朋友。』

之後他用了一整張Ａ４紙，不斷描述這位女友有多棒。看完這封信後，母親差點窒息，感覺全身都要扭成一團了。

這種微妙的羞恥感是怎麼回事？臭小子，長大了就想閃死我嗎？

這個想法在某個夏日片刻閃過母親的腦海。

特別篇　小鳥的私密獨處時光

初白小鳥……更正，清水小鳥放學後，和結城一同走在回家路上。

「小鳥，晚點在我家見嘍？」

「好。你上次說很好吃的醋醃小黃瓜，我會再做一點過去。」

「哦～這樣我好想趕快回家喔。那為了好好品嚐小鳥做的料理，我今天也要認真努力。」

說完，結城就往與返家路線不同的方向走去。

小鳥將他的背影深深映入眼中，隨後興高采烈地踩起了小跳步。

「……結城真是的。」

有家室的男人似乎經常會說「有老婆在我才能努力奮鬥」，不過其實小鳥以為絕大多數都只是嘴上說說的客套話。

然而看到自己的男朋友後，小鳥心想：

啊，這個人是真的很期待品嚐我做的料理。

他居然重視我到這種程度……

小鳥這一路走來，都是為了代替母親，努力支持如今正在更生的父親。

（但我終究還是沒辦法取代媽媽的地位……）

到頭來，父親臉上始終不曾出現過發自內心的笑容。

所以看到自己的付出讓結城感到由衷喜悅時，她真的很開心。

……小鳥邊想邊走，不知不覺就走回了自己和結城居住的公寓前方。

她翻了翻書包。

小鳥有兩副鑰匙。

一副是自己家的鑰匙。

她用這副鑰匙打開自家大門，放下學校用品後就立刻走出門。

雖然她在一個多月前就住進這間屋子，不過老實說，此處的用途幾乎只有晚上睡覺和置物而已。

她大部分的時間，都在用另一副鑰匙打開的那間房裡度過。

那當然就是結城家的備用鑰匙了。

小鳥熟練地打開玄關大門，走進結城家。

脫下校方指定的皮鞋收好後，她以放在起居室一角的靜電拖把將整個家的地板掃過一遍，同時用抹布擦拭置物櫃上方及窗緣等容易積塵的區域。因為每天都會清掃，只需輕輕帶過就變得十分乾淨。

隨後，她也會仔細清理廁所和浴室等衛浴區域。

看起來雖然枯燥乏味，小鳥卻非常喜歡這些瑣碎的工作。

最重要的是，結城現在正在揮灑汗水努力賺取生活費。做這點家事就喊辛苦的話，她實在沒臉面對結城了。

「而且……」

小鳥想起先前結城準備洗澡時，用手指摩擦浴室牆壁發出啾啾聲，並開心地說：「浴室每天都亮晶晶的，看了心情真好。」

她下意識地勾起嘴角。

嗯……如果能讓那個人過得舒服自在，這也只是舉手之勞。她打從心底這麼想。

「嗯，這樣就行了。」

約莫三十分鐘後，小鳥的掃除工程大致告一段落。

在剛清理完的浴室放好熱水後，小鳥直接脫下制服進入浴缸，洗去今天一整天的髒汙。

「呼……」

她舒服地嘆了口氣。

小鳥非常喜歡泡澡。

在密閉空間裡悠閒享受獨處時光，有種難以言喻的安心感。過去父親雖然嚴厲，但在她泡澡的時候應該也不會說些什麼。

順帶一提，這間公寓是浴廁分離的設計。

結城在挑房子的時候，基本上只覺得能睡就好，唯一的堅持只有必須浴廁分離。所以他才會選擇離學校有段距離，房租也偏高的物件（其實房租都靠學校補助，對荷包殺傷力不大就是了）。小鳥卻依然覺得他很有眼光。

浴廁合一的整體式衛浴，體會不到泡澡時那種與日常生活斷絕的特殊安心感。

（嘿咻……）

泡了一會兒讓身子暖起來以後，小鳥走出浴缸，將沐浴乳擠在手上，從腋下開始搓洗全身。

一般女孩子似乎都會將瓶瓶罐罐的美容用品堆在浴室，小鳥卻都跟結城用同一款沐浴乳和洗潤合一的洗髮精。

大谷有各式各樣的洗護用品，小鳥也曾請教過自己是否也該比照辦理。

『跟平常熱愛運動的人不用吃減肥食品一樣，像妳這種從來不吃垃圾食物，三餐規律攝取日式餐點的人，應該不需要這些瑣碎的保養程序。但一定要做好防曬喔。』

因為大谷這麼說，小鳥決定照她的話去做。

大致洗完全身，用蓮蓬頭沖乾淨後，她走出浴室。

她以浴巾擦拭身體，換上家居服。

……至此，小鳥回家後的該做事項才大致告一段落。

再來只要在結城回家前一小時左右，再開始準備晚餐即可。在那之前還有將近三個小時。

「那就……」

其實接下來的時間，是清水小鳥這名少女的私密享樂時光，連男友結城都不知道這件事。

她的享樂時光就是……

「……嘿！」

小鳥直接撲向結城平常睡覺的床鋪。

「聞聞聞，呼哇～」

她靠著枕頭嗅聞結城的味道，發出一聲嘆息。

沒錯，小鳥的私密享樂時光，就是躺在結城平常睡覺的床上，在結城的氣味包圍下入眠。

「唔～唔～」

小鳥將染上結城氣味的枕頭抱在胸口，在床上滾來滾去。

接著又把頭鑽進結城平常在用的被單裡面。

雖然帶了點汗味，然而充滿男子氣概的安心氣息，包覆著她的全身。

「呼喵……」

小鳥嘴裡發出了無法歸類在人類言語的慵懶嗓音。

彷彿被結城本人擁抱的安心感具有莫大的威力，窩在被單裡，感覺今天一整天的疲勞都化了開來。

她這麼做當然不是只為了求安心，被最愛的男友身上的氣味包圍的感覺……

「嗯……」

簡而言之，嗯，讓她有點欲火焚身了。

「唔嗯……」

她用大腿緊緊夾住結城的被單。

還發出嬌豔的吐息。

「……這麼做真的很像變態……」

別說很像了，如果這不是男友的物品，那就是貨真價實的變態了。

「但唯獨這件事讓我戒不了……」

安心、無力和欲望三重感受，與各種舒適快感揉合在一起，將心中積累疲憊一掃而空……這一瞬間，小鳥體會到無與倫比的療癒感。

最重要的是，在結城的氣味包圍下，就像真的被他擁在懷裡一般，讓小鳥無法自拔。

「好想再被他緊緊擁抱……」

她只被結城抱過兩次。去監獄探視爸爸那天以後，結城就沒有再抱過她了。

她知道……主動開口這件事也很重要。
儘管有點自私，然而無論如何，她依舊希望結城能主動提議。
對女孩子來說，像這樣由男方提出要求……或許更能體會到單純的喜悅。
再這樣下去，感覺會因為自己按捺不住而主動開口。可是……
「……不是只有擁抱而已……還要更進一步……如果是結城，我可以……」
光是想到未來成真的那一刻，心裡就暖呼呼的，渾身洋溢著幸福。
想著想著，一股舒適的睡意便緩緩來襲。
小鳥將放在床上的鬧鐘設定在結城回家前一小時後，再次用被單緊緊裹住自己，並抱起枕頭。
隨後，在男友的溫柔氣息與暖意包圍之下，她遙想著總有一天會到來的幸福日子，緩緩闔上眼簾。

後記

各位讀者幸會，我是岸馬きらく。

非常感謝大家購買《救了想一躍而下的女高中生會發生什麼事？》。

這部作品是將原本在YouTube頻道「漫画エンジェルネコオカ」的影片改編為小說。「漫画エンジェルネコオカ」頻道中還有很多動人心弦的戀愛作品，有興趣可以看看。

本作能像這樣成冊上市之前發生了很多事，卻也是有賴各方人士的協助才得以實現。

從網路連載時期就一路支持我的讀者，以及「漫画エンジェルネコオカ」的粉絲們。

替本書出版成冊的スニーカー文庫，願意將龜毛的岸馬說的每句話聽進去的編輯宮川夏樹大人，不遺餘力協助製作的三河ごーす老師，以及「漫画エンジェルネコオカ」的各位工作人員。

在漫畫影片中畫出可愛到不行的初白，堪稱神繪師的「らたん」老師，還有提供美麗小說封面插圖的黒なまこ老師，儘管我一再提出調整，您依舊能以深藏不露的專業技術達成我的要求。

帶領我踏上出道之路的師父，以及總是願意與我討論，聽我吐苦水和炫耀的每一位「岸馬きらく創作俱樂部」成員。

當我不顧父母強烈反對，發下豪語表示：「我要靠自己當上小說家！」辭掉工作來到東京的時候，偷偷塞給我十萬日幣的奶奶。

給我如此完美又有趣的創作機會的ネコオカ頻道。

以及當岸馬抱頭苦思「啊～戀愛喜劇到底要怎麼寫啊」的時候，某天忽然出現在我面前的超棒主角結城祐介，和最棒的女主角初白小鳥。

上述提及的所有人，真的非常感謝你們！

託各位的福，我才能完成作家的一大目標——寫出充滿「溫暖幸福」的作品。

往後岸馬也會為每個文字注入靈魂，以我能寫出的最精彩的故事回報大家的恩情。希望各位能繼續支持與陪伴。

恭喜《躍女》
如期上市！
初白實在太可愛了
總讓我不自覺
嘴角上揚…
祝初白和結城
永浴愛河…

《躍女》
未來也請
多多指教！
希望初白
可以永遠
幸福…！
Ratan

聲優廣播的幕前幕後 1～2 待續

作者：二月公　插畫：さばみぞれ

「妳們兩人就這樣上吧——！」
即使是聲優生涯最大的危機，依舊無法停下……！

「高中生廣播！」決定繼續播出！——才放心不久，便遭嚴謹實力派前輩聲優芽玖瑠強烈批判。但她其實在「幕後」也有祕密的一面……此外，不禮貌的視線和快門聲也追到夕陽與夜澄就讀的高中。對這樣的事態感到不耐煩的夕陽之母對兩人提出超難題——？

各 NT$240~250/HK$80~83

你喜歡的不是女兒而是我!? 1~3 待續

作者：望公太　插畫：ぎうにう

笨拙的愛情攻防戰逐漸激烈失控！
超純愛愛情喜劇第三彈！

自從住在隔壁的左澤巧向我告白以來，彼此間的距離便急速拉近。沒想到女兒美羽居然向我宣戰……究竟由誰來和阿巧交往？一決勝負的舞台，是三人同行的南國之旅——泳裝對決及房間的家庭浴池。雖然不知道美羽有何意圖，但我也不能就此袖手旁觀——

各 **NT$220/HK$73**

神童勇者的女僕都是漂亮大姊姊!? 1~4 待續

作者：望公太　插畫：ぴょん吉

值得記念的第一屆
「挑選主人的服飾大賽」開始嘍！

席恩偶然獲得未知的聖劍，宅邸內卻因牌局和Ａ書騷動，依舊鬧得不可開交。在女僕們「挑選最適合席恩的服飾大賽」結束後，一行人出發調查某個溫泉，並受託解決溫泉觀光地化面臨的問題，沒想到那裡竟是強悍魔獸的住處……令人會心一笑的第四彈！

各 NT$200/HK$67

作者／松浦
插畫／keepout
5
轉生後的我成了英雄爸爸和精靈媽媽的女兒
Kadokawa Fantastic Novels

戰翼的希格德莉法 Rusalka (上)(下)

Kadokawa Fantastic Novels

作者：長月達平　插畫：藤真拓哉

「——讓我聽聽，妳的一切。」
飛舞於死地的少女們交織成的空戰奇幻故事，開幕！

人類的生存受到不明的敵性存在威脅，最後希望乃是被神選上的少女「女武神」，包含才色兼備卻不知變通的軍人露莎卡。她在歐洲的最前線基地遇上開朗得不合常理卻擁有強大戰力的少女。和她相遇不僅影響露莎卡的命運，也影響了人類未來的走向……

各 **NT$240/HK$80**

國家圖書館出版品預行編目資料

救了想一躍而下的女高中生會發生什麼事?/ 岸馬きらく作；林孟潔譯. -- 初版. -- 臺北市：臺灣角川股份有限公司, 2022.03-
冊；　公分
譯自：飛び降りようとしている女子高生を助けたらどうなるのか？
ISBN 978-626-321-284-8(第1冊：平裝)

861.59　　111000489

Kadokawa
Fantastic
Novels

救了想一躍而下的女高中生會發生什麼事？ 1

（原著名：飛び降りようとしている女子高生を助けたらどうなるのか？）

2022年3月28日　初版第1刷發行
2022年12月2日　初版第3刷發行

作　　者：岸馬きらく
插　　畫：黒なまこ
角色原案、漫畫：らたん
譯　　者：林孟潔

發 行 人：岩崎剛人
總 編 輯：蔡佩芬
編　　輯：邱璨萱
美術設計：李思穎
印　　務：李明修（主任）、張加恩（主任）、張凱棋

發 行 所：台灣角川股份有限公司
地　　址：104台北市中山區松江路223號3樓
電　　話：（02）2515-3000
傳　　真：（02）2515-0033
網　　址：www.kadokawa.com.tw
劃撥帳戶：台灣角川股份有限公司
劃撥帳號：19487412
法律顧問：有澤法律事務所
製　　版：巨茂科技印刷有限公司
ＩＳＢＮ：978-626-321-284-8